VICTOR MONTEJO

LAS AVENTURAS DE MISTER PUTTISON ENTRE LOS MAYAS

FUNDACION YAX TE'

1998

Dibujo de la portada:
E. Mari Montejo

Yax Te' Foundation
3520 Coolheights Drive
Rancho Palos Verdes, CA 90275-6231
Tel/Fax (310) 377-8763
Correo electrónico: pelnan@yaxte.org

ISBN 1-886502-18-8

DEDICATORIA

A mi esposa Mercedes Montejo por su valiosa ayuda en procesar el texto en la computadora. También a mis padres, por contarme las historias que vivieron sus abuelos cuando fueron obligados a servir en la construcción de las carreteras en el sur del país. A todos los ancianos Mayas de Guatemala, quienes vivieron los días de opresión durante las dictaduras del pasado. Doy gracias a ellos por su firmeza y resistencia al pasar la antorcha cultural a las nuevas generaciones que ahora están revitalizando la cultura Maya.

RECONOCIMIENTO

Agradezco al Dr. Stefano Varese y a Trevor Chandler y Jane González, por el Presidential Postdoctoral Fellowship, que me dio la oportunidad de realizar un estudio de postgrado en la Universidad de California en Davis (1994–1995). Durante este tiempo tuve la oportunidad de revisar este manuscrito que ahora se publica. A Joe Kenlan y Elaine Chiosso, en cuya casa escribí la novela en 1984.

PREFACIO DEL AUTOR

En esta novela histórica y satírica el protagonista principal es un aventurero norteamericano que en 1930 se asoma sorpresivamente a una pequeña comunidad Maya en el occidente de Guatemala. El forastero es confundido y considerado un misionero por los habitantes y con su presencia, el ritmo de vida cambia en la comunidad. Aparte del impacto que causa en la comunidad por su presencia y sus costumbres raras, el forastero también aprende muchas cosas importantes: en especial, las leyes comunales y la lucha del indígena por mantener la poca tierra que tiene contra la invasión de los no-indígenas. La costumbres y las tradiciones de Yulwitz, son las que mantienen la unidad de la comunidad y a pesar de los trabajos forzosos a que los Mayas son llevados (durante la dictadura del general Manuel Estrada Cabrera), la comunidad logra sobrevivir y mantener sus tradiciones.

En esta obra he procurado ofrecer una visión del mundo Maya a través de la tradición oral durante los años más difíciles de la dominación indígena por los dictadores que gobernaron el país con mano dura. Recrea la vida aislada de las comunidades Mayas en los años 1930. Éste es el tiempo en que la llamada comunidad Maya corporativa existía y estaba casi cerrada al mundo exterior. Sólo los misioneros y los oficiales Ladinos llegaban a las comunidades a perturbar la calma del vecindario para convertirlos o para enviarlos a los trabajos forzosos y a las fincas de la costa sur. Esta novela es ficticia al igual que los nombres y personajes que protagonizan la obra. Sin embargo, en su contenido literario, los eventos son históricos y se han tejido con los cuentos tradicionales que aún se mantienen en la tradición oral de los Mayas jakaltekos, y que se relacionan con esos eventos históricos de principio de siglo.

"Son pocas las civilizaciones perdidas que hayan contado con una lista tan estupenda de investigadores y estudiosos, como los mayas. Desde los tiempos de Cristóbal Colón, primer hombre blanco que los vio (1502), hasta los agitados tiempos presentes en que el doctor ruso Yuri Knorosov pretende poseer la "clave" de los jeroglíficos mayas, se cuenta un verdadero ejército de personas que han sido atraídas por el ambiente de misterio que rodea a ese pueblo. Conquistadores, sacerdotes, historiadores, exploradores, botánicos, epigrafistas y por no dejar de mencionarlos, un liberal puñado de pícaros, han recorrido los caminos del país maya dejándonos sus impresiones".

Victor W. Von Hagen
El mundo de los mayas

INDICE

LA LLEGADA A LA COMUNIDAD

Corría el mes de marzo de 1930, Año de Nuestro Señor, cuando se asomó de pronto aquel extraño visitante por una vereda que conduce a la comunidad indígena de Yulwitz, aldea ubicada a una gran altura en los montes Payiles y al borde del barranco del caudaloso río Saj Ha'. El acceso a Yulwitz era muy difícil, por lo que ningún turista se había aventurado antes por estas tierras y profanado con su presencia a la pacífica comunidad. La excepción era el cura misionero que visitaba el lugar cada dos años para celebrar la santa misa, y de paso, recordarles a los feligreses sus compromisos de buenos cristianos. Estas esporádicas visitas, según los ancianos, se remontan a los tiempos de la invasión y de la colonia cuando los primeros misioneros e invasores invadieron con la espada y la cruz estas tierras mayas. Desde entonces y hasta la fecha, las autoridades ladinas exigen que el pueblo sea sumiso, obediente y servicial, no solamente al cura, cada vez que se le ocurra asomarse por estos lugares; sino a los oficiales del jefe político que obligaban a la gente trabajar forzosamente por medio de los "mandamientos" y la "libreta de vialidad", de manera que el que no trabajaba gratuitamente para el gobierno era castigado por medio de la *Ley Contra la Vagancia*.

El extranjero habría entrado desapercibido al poblado si es que Tumaxh Aq'eh, quien regresaba de quemar sus campos de rozadura esa tarde, no pasara alborotando al vecindario con sus gritos en lengua Popb'al Ti'.

—*¡Chul ya' paleh, chul ya' paleh....!,* decía, corriendo por todos lados como pollino asustado bajo su tercio de leña.

Sus exagerados gritos: "Viene el padre!", penetraron a través de las paredes de palopique de las casas, alertando a todo el vecindario de aquella visita inminente y repentina del sacerdote.

—¡*Chul komam paleh!*, le pasó avisando a Xhuxh Antil, el alcalde auxiliar de la comunidad. En la expresión de Tumaxh, "Viene el señor padre", había tanta sinceridad y emoción que Xhuxh Antil le preguntó también intrigado:

—¿Cómo sabés que es padre?

—Yo digo que es padre, porque tiene una estatura descomunal. Su cabello es rubio, sus ojos son verdes o azules; y ahora que viene caminando bajo el sol parece que la sangre se le fuera a reventar debajo de su piel de ratón tierno.

Entonces el auxiliar no dijo más. Aquellas señales que había dado Tumaxh eran suficientes para creer que era un padre "gringo", el que se acercaba. Mandó a uno de sus alguaciles a llamar a Koxkoreto, el catequista, para darle la noticia de que el padre estaba entrando a la comunidad.

Por suerte el catequista ya había regresado del trabajo y se hallaba en el patio de su casa afilando el machete. Cuando escuchó la sorprendente noticia, Koxkoreto guardó el machete debajo de la cama y acudió precipitadamente al cabildo para informarse mejor de lo que sucedía.

Xhuxh Antil lo recibió sobresaltado.

—Apuráte, Koxkoreto, porque ya viene el padre. Es mejor que toqués la campana para que todos sepan que el padre está llegando al poblado.

—Pero, ¿qué pasa?, dijo Koxkoreto. —Es cierto que el padre Matías prometió venir en estos días, pero luego envió un mensaje cancelando su visita por razones de enfermedad. Además...

Sus palabras se ahogaron cuando Tumaxh Aq'eh volvió al

lugar a confirmar el aviso, *"Chul ya' paleh"*. Aunque Tumaxh era muy conocido por sus mentiras y sus chismes, de ahí su apodo *aq'eh*, chismoso, esta vez Koxkoreto pensó que tal vez el padre Matías cambió de planes y que había decidido darle una sorpresa al vecindario de Yulwitz.

El aviso de que el padre ya estaba entrando a la comunidad se escuchaba por todas partes, de manera que el catequista y el auxiliar se pararon detrás del cabildo construido en un montículo, a media comunidad, y otearon a la distancia. Al fondo de la calle central venía la gente levantando una gran polvareda con sus pies descalzos, y entre todos la figura imponente del "padre" quien se acercaba cojeando por el cansancio.

A medida que el extranjero avanzaba hacia el centro del poblado, el grupo que lo seguía iba aumentando. Desde donde Xhuxh Antil y Koxkoreto estaban se podía ver que las mujeres más devotas del poblado le frenaban la marcha al padre, inclinándose reverentes hasta besarle las manos peludas.

El reverendo venía a pie con una gran maleta a cuestas. Al ver esto, Koxkoreto no dudó más, pues la estatura descomunal del visitante lo confirmaba todo. Además, su pelo era rubio, o más que rubio era blanco; por lo que supuso, al igual que Tumaxh, que debía también tener los ojos verdes o azules; aunque no se podían distinguir a la distancia. Todos los que han visitado la comunidad han sido padres gringos, y ser gringo, decía Koxkoreto, es tener los ojos verdes o azules como un lago, el cabello rubio como de elote tierno, ser alto como escalera y los brazos peludos como mono. Así han sido los otros padres que han visitado Yulwitz con anterioridad.

Koxkoreto pegó un salto a la calle y corrió como loco a la pequeña iglesia colonial a sacudir con estrépito la campana de bronce, dando a entender con sus alocados repiques que el padre había llegado a la comunidad. Tocó y tocó largo rato hasta que se le cansaron los brazos. Los hombres que regresaban de sus trabajos aquella tarde se sintieron confusos por el alboroto. Los repiques de campana llamando a misa a esa hora de la tarde de un día que tampoco era domingo, les pareció extraño.

Mientras tanto, por la polvorienta calle central varios chiquillos descalzos y barrigones se habían integrado al grupo y el visitante los veía complacido. El momento era confuso. Algunas veces el visitante se detenía a secarse las manos mojadas por los besuqueos exagerados de las viejas más fanáticas del poblado. Toda la comunidad reventaba de júbilo y algarabía.

—¡Buenas tardes, padre! ¡Buenas tardes padrecito!, se escuchaban los saludos de los viejos que se quitaban el sombrero y se inclinaban respetuosos al paso del extranjero.

—¡Ay, pobre padre! Ha de venir muy cansado bajo su maleta, decían otros en idioma Popb'al Ti', mientras el visitante que no les entendía nada, seguía avanzando con una gran sonrisa a flor de labios y mirando siempre hacia adelante como un sonámbulo, con sus grandes ojos verdes y saltones. Koxkoreto siguió sacudiendo la campana, trepado en la escalera del campanario. Mientras tanto, el padre avanzaba como en una procesión regalando sonrisas a diestra y siniestra, pero sin decir una sola palabra. Era el padre más sonriente que se había visto por estas regiones.

En el trayecto Malin Lolen le salió al encuentro, diciéndole:

—¿Qué tal padrecito? ¿Comostá usté?

Después de saludar, se tapó la cara con el rebozo, tímida y vergonzosa.

—Oh, yo estoy *okey,* contestó el padre mezclando expresiones en inglés con palabras castizas.

La solterona no le entendió si estaba bien o mal, pero siguió hablándole:

—Aquí le traigo unas piñas, padrecito, dijo, ofreciéndole dos piñas maduras al cura. Y él respondió:

—Oh, muchas gracias. La piñía es muy deliciosa.

Todos pensaron que el padre era nuevo en la misión y que por eso no había aprendido bien el castellano. De todos modos, en Yulwitz la mayoría de la gente no hablaba tampoco el castellano y es por eso que les causaba gracia escuchar las confusas expresiones del reverendísimo padre visitante.

Mientras tanto, Koxkoreto que seguía trepado en el campanario se lamentaba a solas y se quejaba de la poca formalidad del padre al no haber confirmado a tiempo su llegada. Otros como él, que ocasionalmente visitaban el poblado, daban el aviso con un mes de anticipación y entonces toda la comunidad se preparaba a recibirlos con cohetes y marimba. Tal fue el caso de la visita del padre Alberto hace dos años. Hubo que ir a encontrarlo con flores y cantos a cuatro kilómetros de la aldea, llevándole también una mula mansa para que entrara montado al poblado. En esa oportunidad la gente pudo comprobar que al padrecito le gustaba montar a caballo, porque en cuanto se montó, arrancó a la carrera dejando atrás a los que lo habían ido a encontrar. Hubo que correr mucho, y a pie, claro, para alcanzar al padrecito que se había detenido a medio kilómetro de la comunidad, en un punto donde él y los catequistas habían acordado esperarse. En ese punto acostumbrado se quemaba el primer cohete, y luego, todos los reunidos acompañaban al cura en procesión hasta la puerta de la sacristía. Cada cura tiene sus propios gustos, pero los del padre Alberto parecían mejores que los de éste. El padre Alberto al menos daba el aviso de su llegada y entonces los hombres no iban a trabajar, sino que se dedicaban a limpiar los alrededores y a sacudir las telarañas de las paredes del templo colonial.

Las mujeres también tenían tiempo para hacer sus oficios domésticos, pues se levantaban más temprano para cocer los frijoles y hacer las tortillas; y luego bajar al río a lavar la ropa y a bañarse. De manera pues, que toda la gente estaba preparada cuando el padre llegaba a cantar solemnemente la misa en latín. Y cuando se regresaba a su convento, el ritual era el mismo. Había que ir a encaminarlo muy lejos, hasta donde ya no se podía seguir el galopar de su caballo. En cambio con este nuevo padre la cosa era distinta. Ni siquiera le importó confirmar su visita; y ahora todos estaban encarrerados tratando de poner las cosas en su lugar y asistir a la misa como buenos cristianos. Koxkoreto estaba sudoroso repicando la campana que perdía su broncíneo canto, *ch'inh nonh, panh nonh; ch'in nonh, panh nonh*, entre los susurros de los pinos y robles macizos de los alrededores.

Mientras el catequista repicaba, se extrañó al ver que el padre no se había dirigido a la iglesia, sino había preferido sentarse bajo la sombra de la enorme ceiba a media comunidad. Koxkoreto dejó de tocar y se acercó al extranjero a preguntarle si podría ayudarlo a entrar su maleta a la sacristía. Aunque también comenzó a dudar si aquel extranjero era en verdad el cura que todos esperaban. Se acercó sigiloso y quitándose el sombrero con la mano derecha, se llevó las manos al pecho y se inclinó con mucha reverencia hasta casi tocar con su nariz las rodillas del visitante.

—¿Qué tal, padrecito? Perdone usted el mal recibimiento, pero es que usted nos agarró de sorpresa....

—¡Hola a todos! Yo solamente estoy visitando, dijo el extranjero un poco nervioso.

—Gracias por visitarnos. ¿Usted es el padre Matías, verdad?

El extranjero se sintió incómodo y una expresión de

desconcierto o de preocupación se le figuró en el rostro. Después de reflexionar por un momento, el visitante respondió tartamudeando.

—Oh sí, yo soy un padre, un padre de Estaros Suniros.

—¿Podría decirnos su nombre por favor?, insistió Koxkoreto, mientras se sentaba al lado del visitante demostrando su servicialidad acostumbrada.

—Mi nombre es Dudley Puttison.

Koxkoreto se rascó la cabeza tratando de pronunciar aquel nombre extranjero, y al no poder hacerlo, volvió a preguntar.

—Es muy difícil pronunciar su nombre, padrecito. ¿Cómo se dirá en español? Es un nombre poco común.

—Todos me llaman Dud-ley, deletreó con mucha dificultad el forastero.

—Ah, ¡Dud-ley... Dudley!, pronunció con alegría Koxkoreto. —Padre Dudley Puto... Putoson?

—Oh sí, sí; me llamo Dudley Puttison, aunque prefiero que me llaman solamente Dud. Es la forma corta de decir mi nombre, dijo con más claridad el extranjero.

Mientras los dos hablaban, Xhuxh Antil, que había desaparecido del grupo, llegó acompañado de varios marimbistas que reunió, imponiendo su autoridad de Alcalde Auxiliar de Yulwitz. Los marimbistas se instalaron bajo la sombra de la ceiba, sobre cuyas raíces descansaba plácidamente el visitante. Y como se acostumbraba a la llegada de cualquier sacerdote, los marimbistas comenzaron a tocar sones autóctonos armándose de pronto una gran fiesta de bienvenida al extranjero. Mientras tanto, algunas mujeres insistieron en acercarse al visitante ofreciéndole bananos, naranjas, piñas, y un sin fin de golosinas. Los regalos desconcertaron al recién llegado, quien miraba por todos lados como un gran bobo o lunático sonriente. Al fin, y después de meditarlo mucho, comenzó a pelar naranjas y

bananos, los cuales tragó precipitadamente como un gran
simio hambriento. A pesar de que el extranjero no hablaba
mucho, la gente lo miraba complacida y los chiquillos
jugueteaban a su lado mirando con curiosidad sus grandes
ojos saltones, color de agua del río Saj Ha'.

Después de engullir con un apetito asombroso una media
docena de plátanos, el visitante recostó su cabeza trasnochada
sobre las grandes raíces de la ceiba. Luego, sacó de su bolsillo
un cigarro grueso y largo y lo comenzó a fumar parsimo-
niosamente. Con la cara al cielo lanzaba el humo hacia arriba
como una chimenea. Con el humo del cigarro trataba de
espantar a los molestos zancudos que comenzaron a zumbarle
en los oídos.

Todos los curas son así. El padre Alberto, por ejemplo,
también fumaba esta clase de cigarros gruesos y largos que le
abarcaban toda la cavidad de la boca. El decía que se llamaban
"puros", y que tenían un agradable olor a chocolate. Era
entonces muy divertido ver al padre Alberto chupando su
gran puro aromático. Mientras se ahumaba la nariz y las
pestañas rubias, hablaba y hablaba incansablemente como
una guacamaya; y sólo paraba de hablar cuando el humo del
puro lo ahogaba, produciéndole una tos espantosa.

Todos los padres que han visitado la comunidad han sido
grandes fumadores; así es que el padre Dudley no era la
excepción. Allí estaba tirado a pierna suelta lanzando rueditas
de humo al cielo sin la menor preocupación del mundo. En un
momento en que se quedó quieto, viendo cómo los sanates
revoloteaban en las ramas de la ceiba en busca de sus nidos, la
braza del puro que mordía entre los dientes se desprendió y le
cayó sobre la cara.

—¡Cuidado, padre!, le gritó sorpresivamente, Koxkoreto.

Con una agilidad asombrosa el padre se palmoteó la boca
apagando el incendio que iba a producirse de inmediato entre

su poblada barba y sus bigotes. Las reacciones del padre causaron gracia entre el vecindario y hasta los niños se rieron a grandes voces por el incidente. El padre Dudley no tuvo más remedio que reírse y apagó el cigarro aplastándolo debajo de sus grandes zapatos empolvados.

La improvisada fiesta de recibimiento se había vuelto muy alegre y la marimba siguió tocando hasta las siete de la noche. Casi todos estaban contentos, menos Koxkoreto quien estaba preocupado, porque el padre Puttison no había demostrado ningún interés en su misión sacerdotal en la comunidad. El padre no había dado ni siquiera los avisos de la hora de confesiones, la hora de misa, la preparación de los bautismos y los consejos matrimoniales. Peor aún, ni siquiera le había recordado al vecindario que al asistir a misa no se olvidaran de la limosna acostumbrada.

En ese asunto de la limosna, o colecta, el padre Alberto era muy terminante. A él siempre le gustaba sermonearle al pueblo, insistiendo que una de las mejores formas de alimentar el catolicismo es por medio de las colectas. El padre Alberto dijo la última vez, pocos minutos antes de la misa:

—Cada día, mis queridísismos inditos se están volviendo más duros, más rebeldes y hasta más necios en dar sus limosnas. Esto no es bueno, porque si el bolsillo se cierra, también el corazón se endurece; y un corazón duro no puede alcanzar la felicidad, sino sufrimiento. Así pues, mis queridísimos hijos, que deben acordarse siempre del cielo y del infierno.

Sus anuncios los daba cuando toda la gente estaba reunida; en cambio, este recién llegado, como que no le importaba dar ningún aviso pues despreocupadamente seguía paseando sus brillosos ojos entre la multitud. Al fin, el visitante se incorporó como una jirafa cansada y sacudiéndose el polvo de las nalgas le dijo a Koxkoreto.

—Yo estoy cansado y quiero dormir. ¿Hay algún lugar conveniente en este poblado?

—Sí, ahí esta la sacristía, le respondió Koxkoreto.

Por alguna razón, el visitante no se sintió conforme con el ofrecimiento y volvió a preguntar.

—¿No hay un hotel o una pensión dónde pernoctar?

Esta vez Xhuxh Antil, uno de los pocos en el poblado que también podía hablar el castellano, le respondió.

—No, padre Dudley, aquí no hay hoteles. La casa más segura para usted es la sacristía o..., ese cuarto contiguo al cabildo que nos ha servido de cárcel durante los días de fiesta aquí en Yulwitz.

Dudley sacudió la cabeza negativamente al ver el cuartito anexo al cabildo que le sugería Xhuxh Antil.

—Ya vio, padre, dijo Koxkoreto, —la sacristía es mejor y allí hay una cama donde han dormido los otros padres que nos han visitado. Venga, le llevaremos la maleta.

—Oh no, yo no quiero hacer eso, resistió. —Yo no quiero tocar cosas de la iglesia. Yo soy muy diferente.

El visitante comenzó a reconocer que no debió haberle mentido al catequista y al auxiliar, pero no podía rectificar su error en esos momentos. Por su parte Koxkoreto reconoció que el visitante actuaba nerviosamente, pero siguió insistiendo con su deber de buen catequista.

—Pero es que allí han dormido los otros padres que nos han visitado y usted es también un padre como ellos. ¿No es cierto?

El visitante comenzó a titubear, luego agregó:

—Oyénme, mis amigos, yo no soy realmente un padre, pero pueden llamarme padre si quieren, trató de explicar mientras esquivaba el diálogo al mismo tiempo.

El catequista y el alcalde auxiliar comenzaron a dudar seriamente de la identidad del visitante. Quisieron interrogarlo en esos momentos pero lo vieron muy cansado y prefirieron dejarlo descansar aquella noche. Al día siguiente tendrían suficiente tiempo para averiguar quién era en verdad aquel extranjero barbudo que entró sin anunciarse a la comunidad.

—*Okey,* mis amigos. Si ustedes insisten, pueden llevarme a dormir a la sacristía. Yo estoy muy casado.

Con la desconfianza que comenzaba a despertar en ellos la presencia del extranjero, los dos amigos lo ayudaron con su pesada maleta y lo condujeron a la pequeña sacristía contigua al templo. Eran casi las diez de la noche y la marimba dejó de tocar, mientras la gente también se retiró contenta a sus casas, pensando que aquel día había sido uno de los más alegres de Yulwitz.

El forastero tuvo que agacharse para no golpearse la frente contra el umbral de la puerta de la sacristía. La habitación a donde lo llevaron era un cuarto muy pequeño incrustado en el lado derecho del templo, el cual aún estaba húmedo porque algunas mujeres habían barrido y asentado con agua el polvo del piso de tierra. Para alumbrar el cuarto, Koxkoreto mandó a traer candelas y mucho ocote para que el visitante pudiera leer aquella noche, si se le antojara.

Visiblemente cansado, el visitante se tendió sobre la cama de tablas y comenzó a rascarse la barba, tarareando una canción ininteligible. Al verlo con esta parsimonia, otra vez Koxkoreto volvió a pensar en sus funciones de catequista. Ya eran varios los que le exigían saber a qué hora iba a ser la santa misa, especialmente los padrinos de la pareja que iba a casarse aprovechando la repentina visita del "cura". Por su parte, los padres de los novios estaban muy enojados por la falta de formalidad del nuevo padre, aunque Koxkoreto estaba ya casi seguro de que el visitante no era sacerdote, y quizá, ni siquiera cristiano.

—Con permiso, padre, se escucharon unas voces de mujeres en la puerta. Koxkoreto interrumpió su conflicto interno y se adelantó a decirles que entraran, aunque no se atrevió a comentar con ellas sus dudas. Tres mujeres de güipil blanco entraron muy bien peinadas. La que presidía el grupo era Petlon, esposa de Koxkoreto. Traía una olla de barro en las manos y del cual salía un vapor oloroso a frijoles espesos con chipilín, mientras las otras traían tortillas y un jarro de café caliente.

Petlon se dirigió presurosa a la única mesita destartalada que ahí había y la cubrió con un mantel de colores que ella misma había tejido. Hecho esto, acomodó la escudilla, la taza, las tortillas, el café caliente, un huevo duro y luego los suculentos frijoles negros con chipilín. Por último, Petlon remató el servicio con un puñado de chiles verdes que colocó sobre la mesa para despertarle el apetito al reverendo Puttison.

—Perdone, padrecito, que le demos de comer frijoles, pero como usted vino así, tan de repente, no hubo tiempo para prepararle un buen caldo de pollo con verduras. Pero aquí están las tortillas calientes, el café, un huevo y los chiles picantes. Lávese las manos y coma, dijo Petlon, mostrándole al padre una cubeta de agua junto a la puerta.

Como un gato viejo, el forastero se levantó del petate y se estiró perezosamente, inspeccionando la comida con mucha desconfianza.

—Oh, muchas gracias, yo no tengo apetito, respondió.

—Coma, padrecito. Aunque sean frijoles, por favor coma.

—Oh, yo no quiero comer ahora. Mi istómico está muy lleno.

Diciendo esto, sacó un frasco de vitaminas de su maleta y las tragó con un poco de agua que también traía en una cantimplora de aluminio. Luego se volvió a acostar despreocupadamente.

En Yulwitz se había vuelto normal pensar que a un padre había que servirle buena comida y por eso, en vez de molestarse por el rechazo del padre, las mujeres se sintieron apenadas y hasta culpables. "Los extranjeros son diferentes", se ha insistido a los indígenas y por eso también había que tratarlos con fineza. Incluso, algunas viejas habían comentado de que los padres son como los santos, y que no cagaban. Dios guarde, pues, de darles de comer frijoles y huevos duros. En la historia de Yulwitz ésta era la primera vez que le ofrecían frijoles negros a un padre; y todo esto, a causa de que las gallinas no se habían dejado agarrar fácilmente. Varios niños habían perseguido en vano a una gallina vieja, pero la muy revoltosa se escapó volando hacia la cañada.

Koxkoreto pensaba también en lo mismo:

—Uno de pobre se come cualquier hierba comestible, pero a un padre hay que darle siempre la mejor comida. Carne de gallina y de res; por ejemplo, esa sí que es buena comida, de la que nosotros los pobres no probamos con frecuencia. También había frijoles blancos en la comunidad, pero es mejor ya no hablar de frijoles; el padre se puede enfermar.

Por su parte, Xhuxh Antil pensó que como había varias personas en el cuarto, era de esperarse que no se pondría a comer ante todos y por eso sugirió que se retiraran y que dejaran descansar tranquilamente al padre. Cuando salieron todos del cuarto, Xhuxh Antil y Koxkoreto se despidieron usando la misma expresión que años antes les había enseñado el padre Alberto.

—Feliz noche, padre, ¡y que duerma con los angelitos!

Pero esta vez mostraron cierto desgano al pronunciar la palabra —padre, porque cada vez estaban más seguros de que aquél era un impostor.

—Buen noche y hasta la mañana, respondió con su

peculiar acento de extranjero en proceso de aprender el castellano.

Mientras Xhuxh Antil se encaminó a su casa, Koxkoreto volvió a asomarse de nuevo a la puerta, haciendo un último esfuerzo por descubrir algo más sobre la personalidad del visitante.

—¿De manera que usted no quiere que se toque la campana mañana temprano?

—Oh, yo no quiero más fiesta de bienvenida, dijo el visitante.

—Los repiques serán para la misa, insistió Koxkoreto. El extranjero se rascó la cabeza y agregó con voz insegura, casi enojado.

—Ya te he dicho que no quiero saber nada de misas. Yo solamente soy un visitante.

Con esto, Koxkoreto quedó convencido de que el extranjero no era el sacerdote que se esperaba y que Tumaxh Aq'eh se había precipitado en sus deducciones, engañado por la imagen del gringo. De todos modos su actitud era muy extraña, pues hablaba muy poco y por eso no habían podido entablar un diálogo más estrecho y saber de una vez por todas, su verdadera identidad. Además, si no era cura, ¿qué demonios vendría a hacer en la comunidad donde nadie más que el cura y los oficiales ladinos han entrado a obligar al vecindario a los trabajos forzosos en las fincas y las vías públicas? El visitante parecía muy amable y les sonreía a todos cuando le miraban fijamente a sus ojos verdes o cuando los niños traviesos paseaban sus dedillos entre la pelusa de sus largos brazos. Pero cuando se le recordaba su responsabilidad de misionero, él se ponía nervioso e histérico y se notaba alérgico a las misas, confesiones, bautismos, colectas y matrimonios. Con razón, ni siquiera había mostrado su sotana, el cáliz y el agua bendita. En todo caso, al día siguiente el intruso tendría que confrontar al vecindario y explicar el motivo de su presencia en la comunidad. Mientras Koxkoreto seguía recostado en la puerta, pensativo, el visitante se sentó otra vez a orillas de la cama molesto por las pulgas que comenzaron a encaramársele. Poco a poco se acercó a olfatear la olla de frijoles y luego, con mucha desconfianza remojó el índice de la mano izquierda, pues era zurdo, y se lo llevó a la boca saboreándolo.

—*Huuummmnn, it tastes good!*, dijo en su propio idioma, pero no se atrevió a comerlos. Era notorio que la fiesta de recibimiento le tenía demasiado preocupado, y por su actitud de rechazo a la comida, posiblemente habría pensado que la gente de Yulwitz lo quería envenenar. Según Koxkoreto, esa desconfianza y malicia es característica de los extranjeros, pues si se les trata bien ya creen que es por mala intención. No saben que a la pobre gente le dan lástima los caminantes, mendigos y peregrinos; y por eso les ofrecen comida como muestra de amistad y buen recibimiento.

Koxkoreto no dijo más y abandonó la sacristía encaminándose a su casa con mil conjeturas. La noche era obscura y el tiempo se había ido rápidamente, pues cuando Koxkoreto llegó a la puerta de su casa dispuesto a descansar, los gallos de Yulwitz comenzaron a saludar la media noche con sus cantos bullangueros que en Yulwitz se escuchaban con harta claridad. *¡Káxh-kalanh-q'úúúúúúúú!*

LAS LEYES COMUNALES

Eran casi las ocho de la mañana cuando la puerta del convento se abrió. En el atrio del templo se había reunido una gran muchedumbre y el murmullo de voces se escuchaba por doquier como si fuera un día de mercado bajo la sombra de la gran ceiba, a media comunidad. Koxkoreto trató de disimular sus dudas y aparentó no saber nada de la verdadera identidad del visitante. Se dedicó como siempre a su rutina de sacudir los viejos manteles, poner nuevas flores en los floreros y encender las candelas ante la tiznada imagen de San Agustín, santo patrono de la comunidad. Mientras tanto, Petlon y las otras mujeres estaban atentas al momento de abrirse la puerta de la sacristía, y así, llegaron presurosas a saludar al supuesto padre; llevándole el desayuno delicadamente preparado por las esposas de los cofrades.

Koxkoreto le había comunicado sus dudas a su esposa Petlon y por eso las mujeres llegaron a la sacristía con más curiosidad, aunque con la misma sumisión acostumbrada a los extranjeros.

—¡Buenos días, padrecito! ¿Qué tal amaneció?, saludó Petlon con cierta indecisión.

—Oh, mucha pulga me picó toda la noche, se quejó.

—Pobrecito, aquí le trajimos agua para que se lave y su desayuno. Hoy sí comerá pollo con verduras, que es la comida favorita de los padres que nos han visitado aquí en Yulwitz.

El visitante aprovechó la amabilidad de las mujeres y viendo la oportunidad de salir de dudas, les preguntó:

—Oh, díganme una cosa. ¿Por qué ustedes me sirven

como a un rey, con mucha comida y música de marimba y hasta de campana?

—Es que así siempre lo hemos hecho con todos los padres que nos han visitado, dijo Petlon, esta vez con cierto sarcasmo al pronunciar la palabra "padre".

—Pero yo no soy padre. Yo no puedo hacer misa, dijo el visitante, haciendo exagerados ademanes con las dos manos.

—¿Quién es usted, pues?, preguntó Petlon.

—Yo me llamo Dudley. Yo soy un investigador americano.

—Es que los padres que nos han visitado se parecen a usted, además, anoche usted dijo que era padre por eso hemos insistido en tratarlo como padre.

—¡Por favor!, yo quiero hablar con tu esposo y con el cacique or autoridad de esta comunidad. Yo quiero aclarar este asunto pronto, dijo Dudley con visible preocupación.

Una de las mujeres fue a llamar a Xhuxh Antil y a Koxkoreto quienes acudieron presurosos al convento.

El visitante se puso de pie y miró casi enojado a los dos hombres, y luego les preguntó:

—*Okey,* amigos. ¿Ustedes son autoridad en esta comunidad?

—Si padre, respondió Xhuxh Antil. —Koxkoreto es el catequista y yo la autoridad civil nombrada este año para servir al pueblo. Yo fui electo en diciembre pasado en el *lahti'* o asamblea comunal en la que se elige democráticamente al que será la autoridad de la aldea. Así es pues, que en cumplimiento de esa voluntad comunal estoy aquí para servir.

—*Okey, okey,* yo solamente quiero aclarar que no puedo hacer misa. Yo no sé nada de misas or oficios religiosos. Yo soy americano, pero no padre como se imaginan ustedes. Yo soy turista y yo busco los lugares más hermosos de Mesoamérica para admirar la grandeza de los mayas, concluyó.

—Ah, entonces usted no es padre, no es cura, no es sacerdote, no es misionero, exclamó Xhuxh Antil, enojado.

—Yo no soy nada de eso. Yo soy turista y aventurero, nada más y punto. ¿Entienden ahora?

—Pero anoche usted dijo que era padre, insistió Xhuxh Antil.

—Yo estaba confuso y dije una mentira, se excusó Mr. Puttison.

—Pero usted pudo habernos dicho la verdad anoche, intervino Koxkoreto.

Y el extranjero continuó disculpándose.

—Es que la música de campana y de marimba me puso loco, muy loco.

Entonces Xhuxh Antil le dijo a Koxkoreto, muy enojado.

—Este extranjero mentiroso nos ha engañado y ahora hay que decirle a la gente que ya no siga esperando la misa.

Koxkoreto salió a dar el aviso y hubo un gran alboroto en el atrio del templo. Unos se enojaron e insistían que había que sacar de inmediato al intruso fuera del poblado. Otros, los más pacíficos, se reían de su equivocación. Ésta era la primera vez que un turista se asomaba al poblado y era natural que todos lo confundieran con un padre extranjero. Además, se parecía mucho al padre Jaime por su estatura, su pelo rubio y el color de sus ojos. Por supuesto que en Yulwitz algunas de las ancianas creen que todos los americanos son sacerdotes. Además, los ojos del visitante se parecían a los ojos de los santos y de las santas pintadas en las estampas y cuadros religiosos que adornan el altar de las casas. Este asunto de los santos a veces ha sido discutido por las esposas de los cofrades de San Agustín.

¿De dónde vendrán los santos y por qué no los hay entre nosotros?, se han preguntado las ancianas, al ver que todas las imágenes de santos y santas que se envían a las comunidades indígenas son blancos y de ojos azules o verdes. A pesar de que estos santos son extranjeros, la gente les habla a grandes voces en lengua Popb'al Ti', ofreciéndoles flores y candelas en sus altares, aunque esta exagerada veneración a los santos tampoco se ha visto con buenos ojos por algunos misioneros. Por ejemplo, cuando el padre Jaime vino por primera vez a nuestra comunidad, se enojó tanto al ver muchas imágenes de santos incrustados en las paredes interiores del templo y se ocupó en quemarlos, diciendo:

—¡Indios brutos! Ustedes tienen aquí más santos que en el cielo. Basta con uno sólo que sea el santo patrono, dijo.

A veces uno no les entiende a los padres. Unos dicen que hay que tenerle devoción a todos los santos; y otros vienen y dicen lo contrario. De esta forma el padre Jaime sacó del templo muchas imágenes dejando únicamente unas cuantas a las que la gente tenía especial devoción como lo es San Gaspar, San Andrés y la Santísima Virgen a la que la gente llama *Komi' Xahanlaq' Mi'*, o sea, Nuestra Sagrada Madre. Mientras los curas se contradecían, nuestros alcaldes rezadores siguieron hincándose ante el Dios único que se manifiesta en las lluvias, los truenos y los relámpagos. Dios es el poderoso y los santos son sus mensajeros.

De todos los padres que han pasado entre nosotros algunos fueron buenos y otros malos. El padre Pablo, por ejemplo, infundía pánico entre el vecindario cuando lograba enojarse. Cierta vez, cuando vio hincados a nuestros rezadores frente al templo durante uno de los días más sagrados de nuestro calendario, el padre se enojó tanto y los golpeó. Uno por uno comenzó a azotar a los tres rezadores que en ese momento estaban en oración y en ayunas cumpliendo con las ceremonias de petición de las lluvias antes de la siembra del maíz. Después de que azotó a los tres rezadores, la gente se reunió indignada por la actuación del padre y entre todos le amarraron las manos y lo azotaron, así como lo había hecho con los rezadores.

—¡Esto es un escándalo! ¡Indios abusivos! ¡Malditos indios rebeldes! ¡Cómo se atreven a golpear al padre! ¡Hijos de Satanás!, maldijo el sacerdote.

Desde entonces este padre se escarmentó y ya nunca volvió al poblado. Los que lo sucedieron también fueron mas cautelosos en el tratamiento de la gente al recordar este incidente. Aunque también esto le valió a los habitantes de Yulwitz el apelativo de "indios bravos y rebeldes". Esto sucedió hace más o menos unos sesenta años, según los ancianos.

Volviendo al atrio del templo, los hombres de Yulwitz se quejaban por su día perdido y comenzaron a reunirse en pequeños grupos bajo el alero del techo del templo, hablando animadamente del incidente. Todos comprendieron que el visitante no era sacerdote y por eso había entrado a pie y sin anunciarse a la comunidad. Y como ese día los hombres no fueron a trabajar, le sugirieron a Xhuxh Antil que esa misma tarde convocara a un *lahti'*, o asamblea comunal. Había que "igualar criterios", y llegar a un acuerdo sobre lo que había que hacer con el extranjero que había confundido a la comunidad.

A las cuatro de la tarde se comenzó a escuchar el tambor llamando a la gente para el *lahti'*. Ésta es la forma tradicional de convocar a reunión en todos los poblados indígenas de la región de los Cuchumatanes.

Los subalternos de Xhuxh Antil que iban dando el aviso se paraban en cada esquina gritando en Popb'al Ti' su mensaje para que todo el vecindario les escuchara.

—*Maminey, miyayey: Kaw yilal yamanonhweq' yinh hune' lahti' yamaq' kapiltu tinanh, maminey. Kaw yilal chex*

toh he yamanil, haxkam mat maxiloj ye hune' ko chejb'anil
ti'an, maminey. Kaw niman che yute he k'ul qinhan.

Pom, pom, pom, pom..., seguía llamando el tambor
mientras caminaban por la comunidad dando el aviso lo más
recio que podían. El aviso casi se podía escuchar de un
extremo de la comunidad a otro, especialmente cuando se
subían a los puntos más altos a gritar con todas sus fuerzas el
mensaje urgente.

Mr. Puttison se sintió inquieto al escuchar el roncar sonoro
del tambor y los gritos del hombre que daba el mensaje. Quiso
escaparse con su maleta de la sacristía; pero decidió esperar
allí a que le informaran cuál era el motivo del canto bullicioso
del tambor.

Cuando Koxkoreto llegó a acompañar al gringo, éste le
preguntó:

—¿Qué es lo que el hombre dice en su lengua nativa?

Koxkoreto le tradujo el mensaje, literalmente.

—Señores, señoras: con urgencia debemos reunirnos
todos en una asamblea esta noche en el patio del cabildo. Es
importante que todos asistan porque el asunto es muy serio,
señores y señoras. Perdonen todos, pero éste es nuestro
mensaje.

Mr. Putisson permaneció callado escuchando el pom,
pom, pom del tambor y los gritos del hombre que pregonaba
el mensaje.

A las seis de la tarde, todos los hombres mayores de edad
se hallaban frente al cabildo listos a iniciar el *lahti'*, mientras
Xhuxh Antil y sus ayudantes, especialmente los más viejos y
los líderes de la comunidad, se hallaban dentro del cabildo
haciendo deliberaciones a puerta cerrada. Pocos minutos
después se abrió la puerta y apareció Xhuxh Antil y sus
consejeros ante la presencia del público.

Xhuxh Antil llamó a dos de sus ayudantes, diciéndoles:

—Peles y Luwin, vayan a llamar al gringo. Díganle que debe presentarse aquí de inmediato ante la junta.

—Sí, señor, dijeron los mensajeros y partieron de inmediato a traerlo.

A los pocos minutos aparecieron acompañados de Mr. Puttison. El extranjero de ojos verdes le sonrió a la multitud y pasó al frente donde Xhuxh Antil le indicó. Y como la mayoría no podía hablar el castellano, el mismo Xhuxh Antil se encargó de traducir a su pueblo la discusión con el visitante.

—Señor Puttison, lo hemos llamado para discutir con usted algunas cosas que nos preocupan, pues su presencia en la comunidad ha alarmado al vecindario. Ahora queremos que usted se identifique claramente. Queremos que nos diga su nombre y cuáles son las intenciones que le impulsaron venir a una comunidad tan aislada como Yulwitz, preguntó Xhuxh Antil.

—*Okey, okey.* Yo me llamo Dudley Puttison, como ya lo he dicho antes a algunos de ustedes.

—¿Y qué busca usted aquí entre nosotros, señor Puttison?

—Oh, yo soy norteamericano y yo estoy aquí para conocer los pueblos indios de esta región, afirmó.

Xhuxh Antil se detuvo con sus preguntas y tradujo en lengua maya a la comunidad reunida todo lo que había respondido el señor Puttison.

Uno de los líderes de la comunidad levantó la voz para decirle a Xhuxh Antil que le preguntara al forastero si pensaba permanecer en la comunidad por mucho tiempo.

Xhuxh Antil le hizo la pregunta:

—¿Cuánto tiempo piensa usted permanecer en esta aldea, señor Puttison?

—Oh, mucho tiempo. Hasta que termine de estudiar todos los lugares más hermosos de esta comunidad.

Otro de los líderes exigió a que se le preguntara al extranjero su estado civil; si era soltero o casado.

—El señor pregunta si usted está casado.

—Oh, yo estoy sólo. Yo soy divorciado, respondió el aventurero.

—Muy bien, ahora que sabemos que usted es divorciado y que quiere permanecer aquí mucho tiempo, le daremos a conocer las leyes más estrictas de la comunidad. Como usted puede ver, todos los que vivimos aquí somos puros yulwitzeños, o sea sólo nativos de esta aldea de Yulwitz. Nuestra ley no permite que venga a vivir entre nosotros gente de afuera, por la siguiente razón: Somos muy celosos en el cumplimiento de nuestras leyes de propiedad comunal. Las tierras que trabajamos son del pueblo y nadie tiene propiedad privada entre nosotros. La tierra es propiedad de Dios y nosotros solamente la usamos como un préstamo, durante el tiempo que tarde nuestra existencia sobre ella. Por eso, si permitiéramos la entrada de hombres con costumbres diferentes a vivir en nuestra comunidad, más gente de afuera vendría a establecerse entre nosotros y nos despojarían de la poca tierra que nos queda. Estas tierras las hemos venido cultivando desde hace muchísimos años y hemos sabido sobrevivir en paz, porque tenemos nuestras propias leyes que rigen nuestra actividad comunal. El que quiera pisotear nuestro reglamento, se expone a ser apaleado y expulsado de la comunidad inmediatamente. Y como usted es gringo, creemos que no le interesan nuestras tierras ni nuestras mujeres; así que le permitiremos quedarse entre nosotros por algún tiempo.

Mr. Puttison encendió un cigarrillo y se puso a fumar nerviosamente; luego habló:

—*Okey*, ya comprendo. Yo quiero vivir en paz con ustedes. Yo no quiero tierras ni me interesan sus mujeres. Yo solamente quiero estudiar las cosas antiguas de los indios.

Xhuxh Antil le tradujo a la gente que Mr. Puttison no quería tierras ni mujeres; y que sólo quería vivir en Yulwitz para estudiar a los *paywinaj,* o gente antigua, a quienes él llamaba indios.

La gente del consejo dijo:

—Está bien, que viva entre nosotros.

Mr. Puttison comprendió que había llegado a una comunidad muy celosa de sus costumbres y tradiciones, y a la vez muy diferente a las otras que había visitado con anterioridad. Hasta el traje típico difería muy marcadamente de las demás comunidades circunvecinas. Parecía que todos vivían en la armonía del color blanco. La camisa y el pantalón de los hombres eran confeccionados en casa por las mismas mujeres que los tejían en los telares de cintura. Todos los hombres usaban un sombrerito de palma que ellos mismos trenzaban; y calzaban guaraches de cuero curtido que también se fabricaban en la misma comunidad. Las mujeres vestían güipiles blancos salpicados con puntos negros en los vuelos y usaban cortes negros llamados *k'ej sinker*. Por lo general las mujeres andaban descalzas y los niños también, no porque no quieran usar caites ni zapatos sino porque eran muy pobres y no podían darse ese lujo de ladinos, o de aquellos que les exigían trabajos muy mal remunerados. Los caites servían únicamente para el trabajo o en el camino para guardar los pies de las espinas y del polvo caliente de los senderos.

En esos momentos Mr. Puttison se daba cuenta que tenían un sistema de gobierno interno muy propio y por algo se decía que la gente de Yulwitz era gente muy brava y estricta.

La asamblea terminó y todos los hombres se fueron retirando a sus casas. Sólo Mr. Puttison se había quedado fumando un cigarrillo en el corredor del cabildo, acompañado por Xhuxh Antil y Koxkoreto con quienes quería estrechar amistad.

Mientras hablaban, dos viejecitos se acercaron con desconfianza al grupo.

—Acércanse, amigos, invitó Mr. Puttison.

Los viejos se acercaron contentos y se sentaron sobre el suelo mientras Mr. Puttison les ofrecía unos cigarrillos para reafirmar su amistad. El más viejo, de setenta años se identificó como don Lamun, y el otro era el conocido cuentista, don Lopin.

—¡Es una noche muy hermosa!, dijo Dudley, exclamando con satisfacción y mirando hacia el cielo estrellado.

—Las noches de Yulwitz son siempre muy hermosas, míster, se aprestó a responder Xhuxh Antil.

—Sí, las noches aquí son muy tranquilas y sólo se escucha el rumor del río Saj Ha' allá abajo en la barranca, agregó Koxkoreto.

—¿Qué saben ustedes de la fundación de esta comunidad?, preguntó a propósito, Mr. Puttison.

—Koxkoreto y Xhuxh Antil respondieron:

—Nosotros, casi nada sabemos. Los que saben cosas antiguas son los viejos. ¿Verdad, don Lamun y don Lopin?

Los viejos se sonrieron. Aparentemente entendieron algo del español que sus amigos hablaban. Cuando Koxkoreto les repitió en su propia lengua nativa lo que el forastero preguntaba, entonces los viejos movieron la cabeza, afirmativamente.

Mr. Puttison siempre había creído que en todas partes los viejos son las enciclopedias de las tradiciones antiguas, por eso, cuando los viejos dijeron sí, aprovechó el momento para preguntarles:

—¡Oh, maravilloso! ¿Ustedes podrían contarme cómo vinieron a vivir en este lugar tan maravilloso?

Xhuxh Antil les pidió a los viejos que repitieran esa

historia que los abuelos siempre han contado de los orígenes de Yulwitz. Habría sido muy difícil hacerles hablar si no fuera por Xhuxh Antil y Koxkoreto; quienes animaban a los dos viejos a expresarse abiertamente.

Cuando los viejos tuvieron la suficiente confianza, don Lopin comenzó a hablar, a veces interrumpido por su compañero Lamun.

—Hace mucho tiempo que la gente vino a vivir aquí en Yulwitz. Esto fue cuando uno de los padres maldijo nuestra primera comunidad hace muchísimos años, según nuestras historias antiguas.

Koxkoreto le tradujo al gringo estas primeras palabras y Dudley curioso exclamó emocionado:

—¡Oh, maravilloso, maravilloso! Sigan, sigan hablando, insistió.

Don Lopin volvió a tomar la palabra.

—Se cuenta que nuestra primera comunidad estaba ubicada en un lugar llamado Peb'al, cerca de Koneta. Allá se había construido una gran iglesia por órdenes de los padres y de los hombres que vinieron del otro lado del mar a destruir nuestros pueblos originales. El pueblo era próspero y feliz hasta que una pareja de novios cometió el error más grande que costó la vida de casi toda la comunidad. Es una de las destrucciones más grandes que nos han relatado también los que nos antecedieron.

—Sí, dijo el viejo Lamun, quien esperaba la oportunidad para hablar. —El padre que comenzaba a enseñar cosas nuevas en la comunidad llegó un día, según se cuenta, y en Peb'al hizo bautizar a muchos niños y gente adulta de todas las edades. Después les enseñó una nueva forma de rezar, porque según el padre nuestros expertos rezadores no eran buenos y que por eso nadie podía recibir la comunión sin antes confesarse. No todos, por supuesto, asistían a escuchar el catecismo que predicaba el padre, pues mucha gente huyó a los montes para no someterse a la nueva religión impuesta por aquellos extranjeros. Ese día, un joven enamorado, de esos que huyeron al monte, bajó al río a orillas de la comunidad a esperar a su novia.

El viejo Lamun se detuvo a respirar profundamente, mientras Lopin aprovechó el momento para continuar:

—Pues primero, él le había ordenado a su novia que cuando ella recibiera la comunión, sacara la hostia de su boca y que la llevara envuelta en un pañuelo donde el novio la estaría esperando a orillas del río. La muchacha se negó, diciendo:

—Dice el padre que es pecado tocarlo. No puedo hacer eso.

El novio respondió:

—Entonces no me querés.

—Sí, te quiero, pero no puedo cumplir con lo que me pides. El padre dice que es pecado y me da miedo esa palabra "pecado".

—Entonces querés más a ese padre que a mí, volvió a insistir el novio. Ella respondió:

—No es eso, simplemente no quiero cometer ese pecado.

—Hazlo; yo quiero conocer eso que es pecado tocar. Tráemelo envuelto en un pañuelo y nadie se dará cuenta.

Al fin, la muchacha accedió y prometió llevarle al novio la Santa Hostia allá en la orilla del río donde la estaría esperando.

Xhuxh Antil le tradujo esto al extranjero quien estalló en exclamaciones.

—¡Oh, maravilloso, maravilloso! Sigan, sigan contando.

Mr. Puttison escupió la colilla del cigarro a un lado y encendió otro. Luego se desabotonó la camisa y se ventiló aire al pecho peludo con su sombrero de alas rotas. De la barranca seguía subiendo una fresca y perfumada brisa que refrescaba aquella noche tranquila y estrellada de Yulwitz.

Lamun, que esperaba su turno, continuó el relato:

—Pues se dice que la muchacha se acercó a recibir la comunión ese día que el padre llegó a la comunidad. Cuando recibió la Santa Hostia, se salió disimuladamente de la iglesia y sacándola de su boca la envolvió en un pañuelo como se lo había ordenado su novio; y luego, corrió al río en busca del joven que la esperaba. Cuando ella llegó al río, el novio salió de entre los matorrales y con una sonrisa de triunfo le dijo a su novia que le entregara eso que era pecado tocar.

La muchacha aún se resistió, pero el novio se le acercó resuelto a agredirla, gritando:

—¡Dámela!

Ella trató de defenderse y se adentró unos pasos al río, pero él se le echó encima arrebatándole con brusquedad el pañuelo. Entonces, la Santa Hostia cayó a las aguas de río.

Los ojos de Mr. Puttison despedían un brillo verdoso en la noche, mientras observaba boquiabierto a los dos ancianos que hablaban y hablaban sin parar. Luego, preguntó:

—¿Ustedes saben cómo se llama ese río?

—Ha de ser uno de los ramales del Lagartero, dijo Xhuxh Antil, que también sabía algo de esta historia por relatos de su difunto abuelo.

Dudley sacó una libreta y comenzó a escribir.

—Sí, míster, intervino Koxkoreto dando más referencias. —También los restos de las paredes del templo del cual hablaba don Lamun, aún existen; aunque ahora están completamente cubiertos por el monte y los árboles que han crecido sobre los viejos muros abandonados.

—¡Oh, muy interesante! Que sigan contando la historia los venerables ancianos, dijo muy emocionado Dudley.

El viejo Lopin retomó la palabra.

—Pues, cuando la Santa Hostia cayó al río, el joven quiso agarrarla pero la hostia se fue hundiendo poco a poco. El joven siguió luchando para rescatarla, pero la hostia se deslizaba de sus manos como un pececillo blanco y escurridizo. Las aguas del río estaban muy quietas y transparentes y la Santa Hostia siguió hundiéndose en la parte más profunda de aquel río. Al ver que la Santa Hostia se escapaba de las manos de su novio, la muchacha corrió al poblado llena de espanto y le confesó al padre el gran pecado que habían cometido. El padre se arremangó la sotana y corrió al río para tratar de rescatar la Santa Hostia caída. Pero cuando llegó al río, acompañado de un numeroso grupo de vecinos asustados, encontró al joven ahogado en las aguas tranquilas del río. El padre husmeó en las profundidades del río, pero tampoco pudo encontrar la Santa Hostia. Entonces, al salir de las aguas del río el padre se hincó a rezar y luego comenzó a maldecir a la gente.

—¡No!, intervino el viejo Lamun. —Según sé yo, el joven logró quitarle la Santa Hostia a su novia y después de escupirla dijo con burla: "Tiraré al río a tu Dios". Diciendo esto, tiró la hostia al río, pero al momento el joven dejó de burlarse cuando escuchó la voz de alguien que lloraba. Una voz misteriosa y triste salía del agua mientras la Santa Hostia se asentaba en el fondo de la poza transparente. Se dice que la hostia brillaba como el reflejo de la luna o del sol sobre las aguas del río. La joven se puso a llorar arrepentida por haber cumplido con el encargo de su novio, mientras él también horrorizado se metió al río a querer rescatar la Santa Hostia, ahogándose. Al ver esto, la joven corrió llorando al poblado a dar parte de lo que sucedía. El padre escuchó horrorizado el relato y de inmediato se dirigió al río con mucha gente para tratar de recuperar la Santa Hostia. Desafortunadamente llegaron tarde, pues ya no encontraron la hostia, solamente el cuerpo del joven que fue rescatado del fondo del río.

—¡Oh, interesante, muy interesante! Pero yo no comprendo cómo se ahogó el joven, dijo Mr. Puttison, como despertando de un extraño sueño. El relato lo tenía tan absorto que hasta se podían escuchar los resuellos de sus grandes pulmones cuando respiraba.

—Es que el río Lagartero es muy engañoso, míster, dijo Xhuxh Antil. —Sus aguas no tienen corriente caudalosa y en algunos tramos se ve tan quieto y transparente que hasta se pueden ver las plantas acuáticas más pequeñas que crecen en su profundidad. Pareciera que uno pudiera tocar su fondo con las manos, pero realmente es tan profundo que todo aquel que no pueda nadar podría ahogarse fácilmente. Respecto al joven, realmente fue muy extraño lo que sucedió. Se ahogó misteriosamente.

—¡Oh, interesantísimo! Por favor continúen con el relato, insistió Mr. Puttison.

—Pues entonces, dijo Lopin, —el muchacho se ahogó queriendo sacar la Santa Hostia del fondo del río. Al ver esto, el padre y la gente comprendieron que aquellos jóvenes habían cometido el pecado más horrendo y el cual acarrearía consecuencias funestas sobre el poblado.

—¡Un sacrilegio!, dijo Koxkoreto, el catequista. —Cuando se profanan las cosas sagradas se comete sacrilegio. Así dice el catecismo y así decía el último cura que recogió los cálices de oro y de plata que se guardaban antiguamente en el templo. El forastero paró las orejas al escuchar el asunto de los cálices de oro. Luego, preguntó.

—¿Qué pasó con los cálices? Koxkoreto respondió:

—Pues el padre dijo que solamente él podía guardar los cálices porque eran sagrados. De eso de sacrilegio y sagrado no lo entendíamos muy bien, pero sí, los cálices eran muy hermosos. Uno era blanco y brillante como la luna y otro era dorado como el sol.

—¿No hay más cálices de ésos en el templo?, interrumpió Mr. Puttison.

—No, míster, el padrecito se los llevó aquel día que visitó por última vez nuestra comunidad, respondió Koxkoreto.

—*¡Oh, shit!,* dijo el americano en su idioma, dando un puñetazo a la pared como si de pronto se hubiera enojado de sí mismo, de Koxkoreto, del padre, o del relato. Xhuxh Antil y los otros viejos se rieron, aunque no entendieron nada de lo que dijo.

—¿De que se ríen ustedes?, quiso saber Dudley.

—De la palabra que usted acaba de decir, míster, respondió Xhuxh Antil.

Don Lopin quiso repetir la palabra y dijo *xhchet*, que es una palabra en nuestra lengua que quiere decir 'trompudo', o 'trompa de cerdo'. Mr. Puttison ensayó una sonrisa poco agradable.

Sin prestar atención a la broma de Xhuxh Antil, el viejo Lopin siguió hablando:

—Pues entonces los hombres de aquel pueblo rescataron el cadáver del joven ahogado y poco después, el padre maldijo al poblado diciendo: "Por esto que ha sucedido, el juicio del cielo caerá sobre esta comunidad y ningún padre más vendrá a visitarles".

—La gente lloró al escuchar la maldición del padre y desde entonces en el poblado se vivió con mucha intranquilidad.

—Así fue, aunque otros viejos cuentan que la maldición del padre se debió a la falta de respeto de la gente a la santa misa, intervino Lamun.

—A ver, cuéntenme esa otra versión, insistió Dudley, y don Lamun contó la otra versión de la destrucción de Peb'al.

—Pues cuentan que la gente estaba en misa dentro de la

iglesia cuando de repente los perros bajaron de los cerros ladrando escandalosamente, pues venían persiguiendo a varios coches de monte, o jabalíes. Cuando la gente se dio cuenta de los animales de caza que habían llegado hasta las calles de la comunidad, se salieron corriendo del templo dejando al padre solo en la iglesia. El sacerdote se enojó demasiado y maldijo a la gente por haberle dado más importancia a la cacería que a la santa misa.

Xhuxh Antil le tradujo a Mr. Puttison esta otra parte del relato, y entonces el visitante volvió a exclamar asombrado:

—¡Oh, es extraordinario, maravilloso! ¿Y después?

Mr. Puttison había dejado de fumar y estaba recostado en la pared de adobe del cabildo con sus largas piernas extendidas hacia adelante, cubriendo casi todo el ancho del corredor. Lopin estornudó un par de veces y continuó.

—Pues, algún tiempo después vino la desgracia sobre el pueblo cuando la maldición del padre se cumplió. Una plaga de murciélagos o vampiros, a los que nosotros llamamos *sotz'*, atacaron a las gentes durante las noches, desangrando a todo ser viviente que encontraban. Pareció que aquella inmensa cantidad de *sotz'* habían llegado especialmente a destruir al pueblo, porque a pesar de que se les ahuyentaba con fuego de antorchas no se espantaban sino más se enfurecían y atacaban a personas y animales. Varias noches hicieron destrozos en la comunidad, causando gran cantidad de muertos al resultar contaminados de extrañas enfermedades. De esta forma los habitantes abandonaron aquella comunidad maldita, cuyo templo quedó convertido en refugio de los vampiros, los *sotz'*.

—¿Y no fue trementina hirviente la que cayó sobre el poblado pues?, preguntó confuso Xhuxh Antil, cuyo abuelo tenía otra versión del lejano acontecimiento.

—No, dijo Lopin, —la trementina cayó destruyendo

muchos pueblos, pero eso fue tal vez desde los principios de la vida o del mundo. Ésa es historia más antigua, pero la comunidad de Peb'al de que estamos hablando, fue destruida por los *sotz'*; y por eso desde entonces se llamó Tzotz'iles a los habitantes de esos lugares a causa de la destrucción de esos pueblos por los murciélagos o vampiros, *sotz'*.

Koxkoreto le tradujo a Mr. Puttison esta otra parte del relato y el americano no dejó de soltar su misma expresión de asombro:

—¡Oh, maravilloso, maravilloso! ¿Y cómo llegaron ustedes hasta aquí en este hermoso pueblo?, preguntó con interés Mr. Puttison.

—Ya es muy tarde para seguir hablando, dijo el viejo Lopin, mientras miraba en el cielo la constelación del Alacrán que en idioma maya Popb'al Ti' se llama *naj xekab'*.

Mr. Puttison sacó un reloj de cadena de su bolsillo y averiguó la hora.

—Son las once de la noche, anunció a sus amigos.

—¿Dónde viven estos dos señores?, preguntó, refiriéndose a los dos viejos cuentistas.

—Los dos son vecinos y viven al otro lado de la cañada, o de ese zanjón al oriente del poblado. Para ir a su casa tienen que pasar por el ojo de agua, que es un lugar muy oculto por los árboles y especialmente durante las noches obscuras cuando no hay luna. Dicen que espantan en ese camino, dijo Koxkoreto. Lopin respondió:

—A nosotros no nos da miedo pasar por ese lugar oculto, pero tenemos que regresar a casa ahorita mismo, pues mañana temprano tenemos que bajar al río a lavar el ixte que tenemos metido en las pozas. Nos hace falta el material para fabricar los lazos, las hamacas y los matates; y además que siempre trabajamos los dos juntos y hacemos el *wayab'*, o ayuda mutua, forma de trabajo común entre nosotros los indígenas.

—Yo también me voy a casa. Y para ser sincero, a mi sí me da un poquito de miedo andar sólo de noche. No he visto al *Yahaw Tz'unew*, el espíritu de los zanjones, ni a la llorona, pero muchos dicen que los han visto allá en esa cañada, cerca del ojo de agua donde nosotros pasamos.

—Yo sí, ya vi una vez al *Yahaw Tz'unew*, dijo Xhuxh Antil, a quien le gustaba hablar de historias de miedo. —Es un hombrecito que brota así de repente de la tierra o de los zanjones. Es así de pequeñito, dijo Xhuxh Antil, señalando con la mano el tamaño de una gallina. —Poco a poco va creciendo y creciendo hasta alcanzar una altura mucho más alta que la de don Puttison. Lleva en la cabeza un sombrerito de alas grandes y viste camisa vieja con pantalones cortos. Cuando se me apareció esa vez en el zanjón del que hablamos, inmediatamente se me pararon los pelos. Mis pies y mi cuerpo comenzaron a pesar mucho hasta que no pude dar un paso más, y allí me quedé sentado sin fuerzas. Esa vez, el *Yahaw Tz'unew* no creció tan alto, pero a pesar de tener la estatura de un enano, me ganó el valor y la fuerza de mi espíritu

—Sí, y a pesar de que estabas borracho, dijo Koxkoreto riéndose.

—Sí, yo estaba borracho, pero esa vez hasta la borrachera se me fue a la mierda por el susto.

—¡Pssht!, no digas eso, don gringo no sabe todavía esa palabrota, dijo Koxkoreto.

—Oh, no tengan secretos conmigo, todo me gusta. ¿Qué es esa palabra mierda?

—Mierda es la caca, míster, dijo Xhuxh Antil sin rodeos.

—Oh, es una palabra interesante; la buscaré en mi diccionario mañana.

Mientras tanto, Lopin se paró de su asiento y sacudiéndose el polvo del pantalón, se despidió del grupo, diciendo.

—Yo he visto a la llorona, pero de eso hablaremos en otra oportunidad, porque ahora ya me voy a dormir.

Don Lamun también levantó su sombrero de palma sobre el suelo, y luego los dos se retiraron visiblemente cansados. No hay hombres más expertos para andar en la obscuridad como estos dos viejos, pues hábilmente se escurrieron en la oscuridad con rumbo a su casa. Los dos prometieron volver a contar más historias, pues se dieron cuenta de que el extranjero babeaba al escucharles. Claro, se sentían animados a contar sus historias porque el mismo auxiliar y el catequista estaban con ellos exigiéndoles que continuaran sus narraciones. De otro modo, se hubieran portado herméticos y silenciosos ante aquel gringo curioso y aventurero.

Después de que se retiraron los viejos, Koxkoreto y Xhuxh Antil hicieron lo mismo indicándole a Mr. Puttison que podía dormir la última noche en la sacristía del templo y que al siguiente día debía buscar una familia con quien vivir, o rentar alguna habitación desocupada para instalarse por su propia cuenta.

Esa tarde y esa noche, las mujeres de los cofrades no se acercaron tampoco a ofrecerle comida a Mr. Puttison, y aunque le hubieran llevado comida, él las habría rechazado porque tenía su propio sistema para alimentarse; y porque le seguía teniendo desconfianza a la gente. Esa noche se encerró en su cuarto provisional y pensó sobre los acontecimientos del día. Sacó su libreta de apuntes e hizo varias anotaciones. Había sido un día muy difícil por lo de la asamblea, pero al final de cuentas se sentía feliz porque comenzaba a hacer íntima amistad con la autoridad de la comunidad y con el joven catequista; y esto para él había sido un gran triunfo, pues tenía las puertas de Yulwitz abiertas a sus indagaciones.

•••

EL PERRO CON RABIA

Otro día más en la comunidad. Esta vez, Mr. Puttison tuvo que abandonar el cuarto que ocupó por equivocación y comenzó a recorrer el poblado en busca de alojamiento. Se dio cuenta de que todas las casas de Yulwitz eran de palopique, con techos de paja y piso de tierra. Además, todas eran de un solo cuarto; conteniendo a la vez la cocina, el comedor, el dormitorio, almacenamiento de maíz y ropas colgadas en lazos adentro de las casas en vez de armarios. Esta clase de construcciones no necesitaba ventanas porque desde adentro se podía ver todo lo que sucedía afuera.

Caminando por la comunidad, Mr. Puttison se dio cuenta de una pequeña casa de adobe techada con tejas de barro. Creyéndola conveniente, el visitante se propuso pedir posada para vivir allí los días de su estancia en la comunidad. Era la casa de Pel Echem, el hombre más pudiente de la comunidad y uno de los que más habló en la reunión. Pel Echem era un hombre de respeto, serio y uno de los mejores líderes de Yulwitz, aunque también era conocido como el hombre más tacaño de la comunidad.

—Yo quiero posada en tu casa. Me doy cuenta que es la única casa mejor arreglada y que tiene un apartamento extra muy elegante, dijo Mr. Puttison, sonriendo y tratando de convencer a Pel Echem.

—Sí, don gringo, dijo Pel Echem. —Mi casa tiene otro cuarto pequeño pero está lleno de maíz, frijol y otras cosas.

—¿No hay más espacio para mí?, insistió el extranjero.

—Yo creo que sí, sólo que tendremos que limpiar el cuarto

para que usted lo pueda ocupar. ¿De acuerdo?

—¡Oh, magnífico!, fue la respuesta de Mr. Puttison.

Ese día limpiaron el pequeño cuarto y sobre unos cajones colocaron tres tablas y sobre las cuales tendieron un petate, quedando así preparada la cama y el apartamento de Mr. Puttison. Muy contento el extranjero se trasladó de inmediato a la pequeña habitación construida como una extensión del corredor de la casa de Pel Echem. Instalado en su nueva habitación, Mr. Puttison dijo que se sentía más cómodo y más tranquilo que en la sacristía.

Esa noche el gringo pidió permiso a Usep Pel, la esposa de Pel Echem, para entrar a la cocina a hervir un poco de agua. Con la amabilidad característica de las mujeres de Yulwitz, Usep le ofreció café caliente al huésped, pero éste se negó diciendo que no quería tomar café a esa hora antes de acostarse.

A Usep Pel le pareció que Mr. Puttison no comía, pues nunca se le veía cocinando. Pero realmente Mr. Puttison traía suficiente bastimento en su maleta y nadie se daba cuenta a qué horas se alimentaba. Tenía tarros llenos de semilla, pastas, maníes, frutas secas y vitaminas. La noche de su traslado a la casa de Pel Echem, el huésped tuvo que acostarse cuidadosamente sobre la cama de tablas apolilladas que comenzaron a crujir debajo de su pesado cuerpo. Esa primera noche en casa de Pel Echem Mr. Puttison tuvo su primera experiencia con los perros que abundan en Yulwitz.

Sucedió que poco antes de media noche, Kosik el perro flaco de la casa, entró al pequeño cuarto sin puertas buscando acurrucarse entre los costales viejos donde acostumbraba dormir antes de que Mr. Puttison ocupara el cuarto. No tardó en despertarse al escuchar el ruido que el perro producía al rascarse las pulgas debajo de la cama. Sin saber exactamente que era lo que producía aquel ruido, Mr. Puttison sacó cautelosamente su linterna de mano y enfocó debajo de la cama. El chorro de luz le dio en los ojos a Kosik, quien le gruñó al gringo, amenazante. Mr. Puttison apagó la luz al instante y buscó la forma de sacar al perro fuera del cuarto para que no siguiera botando sus pulgas dentro de la habitación. El gringo sacó un pedazo de pan de la alforja y lo aventó al suelo. Luego enfocó sobre el pedazo de pan para que el perro se diera cuenta de lo que era. Kosik, ni lerdo ni perezoso se levantó de un brinco a devorar el pedazo de pan. El gringo cortó otro pedazo de su ración y lo lanzó al suelo cerca de la puerta, de manera que pudiera conducir fácilmente al perro fuera del cuarto. El perro persiguió el pedazo de pan meneando la cola. Cuando el perro estuvo afuera, Mr. Puttison se aprestó a colocar una tabla en la entrada del cuarto, creando así un pequeño obstáculo para que el perro no entrara fácilmente a molestarlo. Hecho esto, se tendió de nuevo a dormir sobre su cama de tablas duras.

Al amanecer, Mr. Puttison se sorprendió al ver que algo se movía envuelto entre sus sábanas. Lentamente y con mucho cuidado trató de descubrir aquello que según pensó, podría ser una serpiente venenosa que hubiera entrado al cuarto durante la noche. Pero se rió al descubrir que era Kosik el que dormía plácidamente entre sus tibias sábanas.

—¡Oh tú, me has dado un gran susto, fuera de aquí, pero flaco! *Out, out!* ¡Fuera de mi cama inmidiamente!, gritaba el gringo sin atreverse a golpear al perro.

Kosik paró las orejas y volvió a enseñar sus dientes sucios con intenciones de atacar. El gringo dejó de gritar y cambió de voz mientras metía la mano en la alforja, diciendo mansamente:

—*Okey, okey*, perito, con otro pedazo de pan lo arreglaremos todo.

Tiró el pedazo de pan al suelo y detrás de él; saltó de la

cama el viejo Kosik, con las habilidades de un buen perro cazador.

Al escuchar el alboroto en la habitación del huésped, Pel Echem se acercó a saludar cortésmente:

—¿Qué tal pasó usted la noche, don gringo?

Todavía malhumorado, el aventurero respondió:

—Oh, yo no me llamo don gringo, mi nombre es Dudley Puttison y yo prefiero que ustedes me llamen Mr. Puttison. ¿Comprende?

—Claro que sí, míster, respondió Pel Echem. —¿Y cómo pasó usted entonces la noche?, insistió amablemente.

El gringo respondió:

—Oh, ha sido una noche terrible! Yo sentí demasiadas pulgadas por culpa del pero que se trepó en mi cama.

—Oh perdón don..., digo, Mr. Puttison. Se me olvidó decirle que en ese cuarto también duerme Kosik; pero no tenga pena, es un perro manso y muy amigable. No le hace daño a nadie, aclaró Pel Echem.

—No hace dañó a nadie; pero sus malditas pulgas me picaron toda la noche, se quejó irritado Mr. Puttison.

—Ya se irá acostumbrando. Aquí las pulgas son también parte de la comunidad, dijo Pel Echem, riéndose.

El gringo se fue a su cuarto y al poco rato Kosik apareció de nuevo por la puerta moviendo la cola alegremente. Esta vez, sus ojos de perro viejo se fijaban tristemente en un solo punto; en la alforja de panes del huésped.

—¡*Okey, okey,* pero flaco! Tú quieres hacerme compañía en mi solidad y esto es muy bueno. Cambiaré de actitud contigo y seremos buenos amigos. Quieres comer, ¿verdad?

El viejo perro dijo ¡guau! cuando Mr. Puttison se acercó a la alforja de panes. Al fin, el viejo Kosik había ablandado el corazón del extranjero y ahora en adelante, podría comer pacíficamente de las migajas de su señor. Kosik estaba comiendo cuando apareció Pel Echem lanzándole una patada al perro.

—¡Ah, chucho abusivo! dijo, ahuyentándolo.

—¡Oh, no! No hay que golpear a los animales, protestó el gringo en defensa del desdichado Kosik que se quejaba adolorido detrás de la casa. ¡Los peros son amigos del hombre!, señaló con insistencia.

—Así será, míster, pero a Kosik no hay que demostrarle demasiado cariño porque después ya no quiere apartarse de uno.

—Eso no es nada malo. Yo quiero la compañía del viejo Kosik.

—Ya verá usted, míster, pero le aviso que Kosik es un perro mañoso y que no me acompaña nunca al trabajo. Le gusta más dormir bajo las sombras y vagar en la comunidad en busca de golosinas.

—Oh, a mí me gusta el viejo pero flaco. En mi niñez yo siempre amé los peros, como mi favorito color negro que un día se perdió en el bosque. Peros son siempre muy sinceros y obedientes.

Al ver que el gringo comenzaba a encariñarse del viejo Kosik, Pel Echem le dijo.

—Se lo regalo, si usted lo quiere, míster.

—Oh gracias, lo bañaré pronto para botarle sus pulgas, respondió el gringo.

Mientras hablaban, Kosik volvió a llegar y después de mirar con desconfianza a su antiguo dueño, se tendió jadeante a los pies de Mr. Puttison.

—Chucho goloso y mañoso, al fin encontró quien lo quiera, dijo Usep Pel, quien había llegado a escuchar la discusión sobre el perro. Mientras tanto, Kosik seguía meneando la cola y mirando fijamente a la alforja de panes que guardaba el gringo en el rincón de la habitación.

Ese mismo día Kosik probó el primer baño de su vida y fue completamente despulgado y perfumado por su nuevo dueño. Muchos otros perros envidiosos y menos afortunados pasaban gruñéndole a Kosik; pero éste, rabos entre piernas se escondía detrás de su amo. Desde entonces Kosik fue el perro más mimado y más limpio que vagó por las calles de Yulwitz.

Muy pronto la gente supo de las aventuras del gringo con el viejo Kosik y se reían de las locuras del extranjero. Bañar y perfumar a un perro parecía absurdo en una comunidad tan pobre como Yulwitz.

Algunas viejas comentaban, mientras lavaban ropa en el ojo de agua:

—No tengo pisto para comprar jabón y lavar la ropa de mis hijos; ahora será enjabonar y perfumar a un chucho viejo.

—El perro va a tener mejor vida que nosotras, dijo otra y ambas se pusieron a reír a carcajadas.

—Gringo loco y vago, decían, mientras lavaban en el ojo de agua. No se imaginaban que Mr. Puttison sentía un cariño tan grande por los perros y por eso había adoptado al viejo Kosik sin pensarlo tanto. Incluso, había arreglado un nido con sacos viejos debajo de su cama para que el perro durmiera con toda tranquilidad. Por su parte, Kosik correspondía al cariño de su amo, acompañándolo a dondequiera que iba.

Dos días después de estar viviendo en casa de Pel Echem, Mr. Puttison comenzó a exhibir sus aparatos novedosos. Primero mostró su cámara fotográfica. Los habitantes de Yulwitz ya conocían lo que era una cámara; pero al mismo tiempo el objeto seguía siendo extraño para ellos. En el pasado, se habían suscitado grandes discusiones entre el padre Jaime y algunos ancianos por motivo de las fotos. Los ancianos se quejaban de que las fotos robaban parte de su ser o su imagen, lo cual nunca sabían qué se hacía con ellas. Pero el padre Jaime les explicaba.

—Miren, allí están ustedes en persona, y la copia de ustedes aquí en el papel. Nada les ha dolido, porque nada les he quitado.

Los ancianos también defendían sus creencias, diciendo.

—Nada nos ha dolido, pero nos ha quitado algo. Ya no nos sentimos íntegros cuando nuestra cara o imagen pasa a ser pertenencia de otro. Sentimos como que perdemos control de nuestro mismo ser. La seguridad que tenemos de nosotros mismos y nuestra integridad, es lo que perdemos. ¿Para qué les sirve tantas fotos que le sacan a la gente pobre, a la gente indígena?, insistían.

En aquel tiempo, las discusiones entre el padre Jaime y los ancianos eran siempre muy reñidas. Ahora, era Mr. Puttison el que exhibía una cámara fotográfica que la gente conoce como *elq'om echeleh*, o máquina que roba la imagen, como la llamaban los habitantes de Yulwitz.

—Prepárense frente la casa; yo voy a tomar fotos, dijo.

Pel Echem y Usep se movieron perezosamente, casi indecisos.

—Pronto, pronto; ¡fotos para mis queridos amigos! siguió insistiendo el gringo con una sonrisa que podía convencer fácilmente a cualquiera.

Pel Ehem y su esposa se pararon firmes frente a su casa de adobe y ahí permanecieron serios, como si fueran a ser ejecutados. Mientras tanto, Mr. Puttison se agachaba, se hincaba o se paraba manteniendo el aparato pegado a sus ojos mientras buscaba el mejor ángulo para tomar las fotos.

—Ríanse, ¡una sonrisa por favor!

El gringo estiró los labios ante ellos y fue entonces que trataron de imitarlo con una sonrisa forzada. ¡Click! sonó la cámara varias veces y en diferentes posiciones. Finalmente el gringo se incorporó y dijo:

—¡*Okey*, suficiente! Ustedes son muy simpáticos. *Very*

nice.

Guardó la cámara en su estuche negro y luego preguntó.

—Ustedes ya conocer una cámara, ¿eh?

—Sí, míster, el padre Jaime también le tomaba fotos a nuestros abuelos, pero nunca nos las regalaba. Nosotros le decíamos que los que hicieron esa máquina son brujos. ¿Que dice usted, míster?

—Oh, sí, mucho estudio los ha hecho muy buenos brujos. Ustedes por ejemplo, están ahora adentro de esta cámara muy pequeños.

Usep Pel no dejó de asustarse. En cambio, Pel Echem simplemente se rió, pues sabía que Mr. Puttison estaba bromeando.

Mr. Puttison comenzó a ambientarse y hasta sintió impulsos de seguir mostrando las curiosidades que traía. Esa misma tarde mandó llamar a sus mejores amigos: el alcalde auxiliar, Xhuxh Antil; el catequista Koxkoreto y los viejos Lopin y Lamun, quienes acudieron gustosos a la invitación esa tarde.

Cuando todos estuvieron reunidos en el pequeño cuarto, el anfitrión sacó una pequeña botella de vino que sirvió en vasos a sus invitados. Luego, colocó sobre su cama una caja negra de la cual extrajo otro aparato.

—Ésta es una grabadora.

Mr. Puttison comenzó a operar el aparato del cual comenzaron a brotar palabras, música y canciones.

—Ah, es un radio, dijo Xhuxh Antil.

—No es un radio, es una grabadora. Díganle al señor Lupin que hable, pidió Mr. Puttison.

Xhuxh Antil le pidió al anciano Lopin que hablara.

—¿Qué cosa quieren que diga? preguntó Lopin.

—Oiga, míster, el señor pregunta qué es lo que quiere usted que él diga.

—Oh, cualquier cosa, dijo el gringo con indiferencia.

Xhuxh Antil le explicó a Lopin que podía decir cualquier cosa. Entonces, después de pensarlo un momento el viejo comenzó a hablar en lengua Popb'al Ti'.

Wal tinanh, Mamin, miyay; wuxhtaj, wanab';
tzet saq'alil jekanoj
sat yib'an q'inal ti';
yaj mat johtajoj
tzet chonh tanhoj hekal
tzet chonh tanhoj kab'e.
Melmon yelkantoj ko q'inal,
toh walonh ti'
machonh xhjal naj kawil walil
jetoj, ko matanoj;
toh k'amilnhe jek'oj sat tx'otx',
sat yibanh q'inal ti'.

Dudley hizo una señal para que el viejo dejara de hablar y luego apagó el aparato, explicando.

—*Okey*, ahora escucharán. En esta cinta que ha girado está ahora grabada la voz del señor Lopin.

Luego, después de rebobinar la cinta con rapidez, el gringo siguió hablando.

—*Okey*, oigan ahora.

Los amigos dejaron de hablar y la máquina comenzó a funcionar:

Wal tinanh,
mamin, miyay; wuxhtaj, wanab';
tzet saq'alil jekanoj...

El aparato repitió todo lo que el viejo había pronunciado.

—¡Es mi voz la que está ahora en ese aparato! dijo Lopin, con una sonrisa tímida.

—Sí, pero no se puede ver al que habla, comentó Lamun con viva curiosidad.

Koxkoreto le tradujo a Mr. Puttison lo que los viejos comentaban.

—Oh, solamente la voz está grabada en esta cinta, dijo el gringo, mostrando la cinta grabada.

Los viejos volvieron a discutir, alegando que no era conveniente dejarse grabar la voz, pues a la persona la podrían hacer hablar así en cualquier parte sin su consentimiento.

—Uno nunca sabe lo que los extranjeros pueden hacer con lo que se llevan. Además, dejarse robar la voz, es perder el control de uno mismo. Antes, cuando el padre Jaime quería grabar las voces de los ancianos, éstos se resistían porque no querían dejarse controlar por la gente de afuera y sus aparatos. Lo que se dice es llevado afuera de la comunidad y pasa a ser propiedad de otros, y hasta le pueden cambiar el mismo sentido a los relatos. Así es pues, que hay que saber lo que se dice, cuándo y cómo se dice, insistió Lamun.

Koxkoreto volvió a traducir lo que los dos viejos discutían, y el gringo les dijo sonriendo:

—¡Oh, no tengan pena!, la grabadora no hace daño. Yo he grabado mi voz muchas veces y la puedo oír cuando me da la gana. ¿Seguimos ahora con la grabación?, insistió el gringo.

Los dos viejos se consultaron. Finalmente Lopin aceptó hablar, con el conocimiento de que hay que saber cuándo, cómo y por qué decir las cosas, pues hablar por hablar no es conveniente frente a una máquina que roba sonidos, o ante un desconocido que quizás no se volverá a ver nunca.

—¿Quieren oír la voz de Lupin otra vez? preguntó el gringo.

—Sí, respondieron los amigos.

El gringo les había dado demasiada confianza y ahora, el mismo Lopin quería escuchar su propia voz. El aparato volvió a funcionar, mientras Lopin sonreía anchamente escuchando su voz.

—Por favor, Koxkoreto, traduce lo que el señor Lupin dice en la grabadora, exigió Mr. Puttison. Koxkoreto respondió.

—Póngalo otra vez y yo se lo voy a traducir, aceptó Koxkoreto.

Mr. Puttison puso la grabación y Koxkoreto tradujo así el discurso de Lopin:

Ahora,
señores y señoras, hermanos y hermanas;
cuánta felicidad se siente
al vivir en este mundo;
pero nadie de nosotros sabe
lo que sucederá mañana
pasado mañana, o en el futuro;
porque todos nosotros
no podemos llamarnos dueños de la salud
que ahora gozamos con alegría;
pues únicamente prestada tenemos la vida
sobre esta tierra, en este mundo.

—¡Oh bravo!, ¡maravilloso!, estalló Mr. Puttison en alabanzas. —El señor Lupin es poeta. Ha dicho un hermoso pensamiento.

Todos los demás se rieron. Para don Lopin aquello no era más que sus palabras y su pensamiento sobre la vida y la existencia sobre esta tierra. Nada más que un fragmento de su propia visión del mundo. Todos quisieron después grabar su propia voz; como Xhuxh Antil quien grabó:

—¡Viva Yulwitz... y que viva el señor Puttison!

Los aparatos de Mr. Puttison no eran del todo una novedad, porque el padre Jaime también ya había exhibido los suyos muchos años antes. Pero el hecho de que Mr. Puttison les diera la oportunidad de tocar aquellos aparatos electrónicos con sus propias manos, despertaba aún más la curiosidad en sus amigos.

—Los gringos son unos brujos porque pueden hacer de todo, comentó Koxkoreto, quien codiciaba uno de aquellos aparatos. Por su cordialidad y también por sus aparatos, Mr. Puttison alcanzó mucha popularidad en el poblado y tuvo que soportar visitas inesperadas todas las tardes.

Después de hablar durante varias horas, los amigos de Mr. Puttison se retiraron a sus casas al obscurecerse, pues había rumores de que había perros con rabia atacando a otros perros en la comunidad. Ciertamente, como a las diez de la noche Kosik comenzó a ladrar escandalosamente como si estuviera viendo fantasmas en los cerros.

Mr. Puttison calmó al perro, llamándolo suavemente.

—Kosik, querido amigo, ven conmigo. El perro se calmó y meneando la cola se acercó a su dueño. El viejo Kosik se había encariñado tanto de su dueño que ya no se apartaba de su lado. En recompensa al cariño que le prodigaba Kosik, Mr. Puttison le proporcionaba cualquier golosina y lo cuidaba con tanto esmero que parecía que los dos se entendían magníficamente bien en su soledad. Mr. Puttison le hubiera seguido dispensando buen cuido, aprecio y sobre todo comida a Kosik si es que la desgracia no les separa tan repentinamente aquella fatídica noche de intensa obscuridad.

Sucedió que Mr. Puttison se acostó esa noche en su camastro y debajo Kosik también se acomodó en su nido de costales viejos. Se podría decir que Kosik era el guardián que vigilaba el sueño de Mr. Puttison, gruñendo a otros perros y cerdos que pasaban cerca de la habitación sin puertas.

Eran tal vez las doce de la noche cuando Kosik comenzó a latir con más insistencia.

—¡Silencio, Kosik!, gritó Mr. Puttison, calmando los ladridos del perro. Al rato penetró al cuarto un fuerte hedor a zorrillo, que hizo que Mr. Puttison se cubriera la nariz. Para la gente de la comunidad, el fétido olor a zorrillo era uno de los anuncios de la presencia de un perro con rabia.

Ciertamente, al poco rato penetró al cuarto sin puertas el perro rabioso que atacó a Kosik debajo de la cama. Kosik también respondió al ataque con furia y así se trabaron en un mortal combate ante la perplejidad de Mr. Puttison. El gringo se paró sobre la cama tratando de distinguir a su querido Kosik, del perro atacante. Pero la obscuridad era tan densa dentro de la habitación que no pudo distinguir el suyo del otro; pues los dos parecían pardos e iguales en la obscuridad.

Al escuchar el relajo de los perros dentro del cuarto de Mr. Puttison, Pel Echem se acercó sigiloso, mientras un fuerte olor a zorrillo le llegó al olfato. Entonces Pel Echem se dio cuenta del peligro que corría Mr. Puttison.

—¡Cuidado, Mr. Puttison! Ése es un chucho con rabia. Mátelo si puede.

Mr. Puttison se preparó. Parado sobre su cama, el gringo no quería encender su linterna de mano para que el perro no le atacara. Con la escasa claridad de las estrellas que penetraban al cuarto sin puertas, Mr. Puttison alargó la mano sobre los costales de la esquina donde guardaba su filoso machete que blandió ágilmente. Los dos perros seguían trabados en una lucha mortal y Mr. Puttison no podía distinguir a Kosik del perro atacante.

Después de tanto agudizar la vista, distinguió que uno de los perros negros perseguía más al otro y así supuso que el que atacaba más era el perro rabioso. En un momento de indecisión y de pánico, Mr. Puttison descargó el funesto machetazo sobre la cabeza del perro que le pareció ser el más agresivo. El golpe había sido tan certero que uno de los perros quedó ahí tendido, sin vida; mientras el otro se salió velozmente del cuarto sin ladrar.

Mr. Puttison tiró el machete a un lado y sacó su linterna de mano debajo de la cabecera. Nerviosamente alumbró sobre el cuerpo del perro que había caído decapitado al pie de la cama. Con la luz mortecina de la linterna de mano, Mr. Puttison dudó del perro muerto. Le pareció ver a Kosik, su caro amigo, el perro decapitado por el certero machetazo. Hizo más fuego con ocotes que tenía a su alcance y, después de observar detenidamente al perro muerto, soltó un grito de desesperación.

—¡Oh no, estúpido! Yo he matado a Kosik. ¡Oh, oh, pobre amigo mío, ah!

Mr. Puttison se lamentó tristemente, haciendo que Pel Echem y Usep se acercaran curiosos a preguntar lo que había sucedido.

—¿Qué pasó, Mr. Puttison?

—¡Oh, estúpido de mí!, le he cortando la cabeza al pobre Kosik. Yo he cometido un grave error en la oscuridad.

Así se lamentaba con tanta aflicción el gringo que ellos no pudieron entender las palabras que repetía en su propio idioma. Pel Echem casi se rió de los exagerados lamentos de Mr. Puttison, pero recapacitó de inmediato y entendió que el gringo sufría horriblemente en esos momentos. Al ver aquella tragedia, Pel Echem trató de consolar a su huésped.

—Déjelo, míster; Kosik era un perro cualquiera.

Muy enojado, Mr. Puttison contestó.

—Oh no, Kosik no era un pero cualquiera. Aunque era un chucho flaco, era muy cariñoso; siempre me miraba con ojos compasivos.

Pel Echem conocía los trucos de Kosik; y eso de "perro

cariñoso" con que lo calificaba el gringo. Era una de las estrategias de Kosik para seducir a cualquiera por un pedazo de tortilla. Esta estrategia dio buen resultado con Mr. Puttison, quien parecía tener especial cariño a los perros. Pel Echem se había dado cuenta que cuando Mr. Puttison comía, Kosik se le quedaba viendo fijamente con sus ojos tristes; y con esta mirada suplicante sabía despertar compasión en su dueño, quien le daba de inmediato pedazos de pan y tortilla. A esto se refería Mr. Puttison al decir, "Kosik me miraba siempre con ojos compasivos".

Con mucha tristeza, Mr. Puttison envolvió el cuerpo del perro en un costal viejo y esa misma noche fue con el machete hacia la pinada donde abrió un hoyo y enterró sentimentalmente a Kosik.

Al amanecer se supo que el mismo perro con rabia había atacado a otros perros y que también había mordido a muchos cerdos en la comunidad. El perro entraba a atacar en la comunidad de noche y se escondía en el monte durante el día. Sabiendo que era un peligro para la comunidad, los vecinos lo persiguieron una tarde con garrotes y piedras; pero no pudieron alcanzarlo.

Y como era de esperarse, el perro volvió a atacar durante la siguiente noche, por lo que Xhuxh Antil alertó al vecindario, previniéndoles del peligro de andar solos y desarmados en los caminos. Además, exhortó a los padres de familia que no dejaran salir a sus hijos a la calle o ir a traer leña a la montaña, solos. Algunos ayudantes de Xhuxh Antil fueron comisionados a patrullar la comunidad y matar al perro al siguiente día, pero el perro rabioso no entró a la comunidad ese día.

Mekel, el último que regresó de su trabajo muy entrada la tarde, dijo que el perro quiso atacarlo en el camino.

—¿Dónde vio usted al perro, don Mekel? preguntó Xhuxh Antil.

—Allá en el robledo, a medio kilómetro de aquí, dijo el viejo.

—Ya es muy tarde para ir a buscarlo allí; debemos velarlo aquí durante la noche y matarlo con mi escopeta, dijo Xhuxh Antil.

—Oh no, dijo Mr. Puttison, quien estaba decidido a colaborar con el plan de acabar con ese peligro a la comunidad.

—¿Por qué no? preguntó Xhuxh Antil.

Mr. Puttison se sentó para evitar agacharse mucho al hablar con su interlocutor.

—¡Hombre!, es peligroso disparar arma mortal entre las casas. Podrías matar a una mujer, un hombre or a un niño.

—¿Y qué quiere que hagamos entonces, míster? preguntó Xhuxh Antil.

—Oh, dame el arma y buscaré al perro rabioso en el bosque. Yo tengo pilas nuevas en mi linterna de mano

—Es peligroso ir solo y de noche, míster, alertó Xhuxh Antil.

—Oh, yo no tengo miedo.

Tronando y lloviendo, o diciendo y haciendo; Mr. Puttison se echó la escopeta al hombro y asegurando bien las pilas de su linterna tomó el camino que Mekel había indicado.

Eran las ocho de la noche y en el bosque reinaba una obscuridad intensa. Al llegar a las afueras de la comunidad, se subió a un montículo para ver cómo las luces de los ocotes ardían en todas las casas de Yulwitz. Luego, Mr. Puttison siguió avanzando por el camino del robledo, empuñando el arma fuertemente.

Caminando casi de puntillas, el gringo tiraba la luz del foco entre los arbustos, esperando descubrir entre la obscuridad los llameantes ojos del perro rabioso. Afocó por todos lados y al no descubrir nada siguió avanzando con cautela. De pronto, Mr. Puttison escuchó a sus espaldas algo que se movía entre las hojas secas de los árboles.

Giró de inmediato y alumbró en el lugar donde se había producido el ruido, pero nada. Lentamente siguió avanzando, cuando... otra vez, se movieron las hojas secas casi a la par suya por el lado derecho. Se detuvo nuevamente y alumbró minuciosamente el lugar del ruido. No podía distinguir nada entre los arbustos diseminados por todo el robledo.

—Éste ha de ser el pero, se dijo Mr. Puttison, empuñando con más seguridad la escopeta de cartuchos atronadores. Estaba seguro de que el perro estaba cerca pues el ruido había sido muy fuerte, como de un jaguar que se deslizaba entre las hojas secas; y porque también comenzó a percibir el fétido hedor a zorrillo que la gente de Yulwitz ha asociado con los perros con rabia.

Mr. Puttison dio unos pasos más adelante, cuando escuchó un ruido más claro y más cercano. Tiró de inmediato la luz del foco hacia el lugar del ruido y descubrió los ojos llameantes del perro. Era un animal grande, de color negro y muy parecido a Kosik. Tenía los ojos rojos como dos bolas de grasa ardiendo y la lengua ensangrentada y espumosa. Mientras Mr. Puttison levantaba la escopeta para apuntar la frente del perro, éste se abalanzó violentamente sobre el gringo, haciéndole disparar precipitadamente, ya cuando el perro le caía sobre el pecho para darle la mordida fatal.

El trueno que produjo la escopeta fue escandaloso. Varios impactos perforaron el cuerpo del perro, el cual cayó muerto sobre el pecho del gringo. Mr. Puttison trato de defenderse, aventando al perro muerto a un lado. Si no hubiera sido por el disparo tan certero, el perro rabioso le habría mordido la cara o el pecho con furia incontenible. Sudoroso, Mr. Puttison se quitó la camisa, que se había empapado con la sangre caliente del animal y regresó al poblado pensativo y tembloroso. La gente se alegró al verlo llegar y sus amigos lo rodearon para escuchar su aventura. El gringo relató así su historia mientras sus amigos lo escuchaban boquiabiertos:

—Yo sostuve un tremendo combate cuerpo a cuerpo con el pero rabioso, y después de mucha lucha sin tregua, al fin lo maté. El pero tenía un fétido hedor a zorrillo, lo que me hizo pensar que el pero rabioso tal vez mordió a un zorrillo en el bosque y se le pegó el mal olor. Quién sabe.

Esa noche el gringo se bañó en el ojo de agua, acompañado de sus amigos y gastó completamente una bola de jabón de coche de esos que se fabrican en la aldea, para quitarse el mal olor a zorrillo que se le había pegado al cuerpo junto con las manchas de sangre que le salpicaron la cara. Después de relatar su historia, Mr. Puttison se fue a dormir lamentando la pérdida de su fiel amigo, Kosik.

Al día siguiente, los dueños de los perros que fueron mordidos durante las noches anteriores le hicieron sangrías a sus perros, cortándoles la punta de la cola o las puntas de las orejas a los perros para evitar que la enfermedad se propagara en la comunidad. Unos llevaron a sus perros al río Saj Ha' y allí los metieron en pozos de agua fría durante muchísimas horas para refrescarle la sangre caliente a los perros contagiados. Otros, siguiendo los consejos de los curanderos, machacaron la corteza del árbol de makulis y les dieron de tomar de este brebaje a sus perros para eliminar el mal. No era ésta la primera vez que lo hacían, por lo que estaban seguros de que los métodos antiguos para curar la rabia eran muy efectivos. Eso sí; era necesario seguir a tiempo los consejos de los curanderos si se deseaba obtener resultados positivos.

●●●●

LA MOLIDA DE CAÑA

Pocos días después de su aventura con el perro rabioso, Mr. Puttison fue invitado por Lopin y Lamun a la molida de caña de azúcar que habían iniciado a orillas del río Saj Ha'. Mr. Puttison aceptó la invitación, pero con la condición de que lo acompañaran también sus amigos Koxkoreto y Xhuxh Antil.

Los dos amigos aceptaron gustosos y le dijeron a Mr. Puttison que llevara un tecomate grande para traer agua de caña. En la comunidad se acostumbraba guardar el agua de caña en algún rincón de la casa para fermentarla por algunos días y obtener así la bebida alcohólica llamada *chicha*. Koxkoreto no sólo se lo sugirió, sino que le entregó en ese mismo momento un tecomate de unos cuatro litros de capacidad. Como siempre, el gringo prometió experimentar y probar de esa bebida fermentada que sus amigos le sugerían. Esa mañana preparó su maleta llevando un tecomate, su linterna, una sábana para dormir, unas tortillas que le ofreció Usep Pel y un machete. Xhuxh Antil le había dicho con anterioridad que los hombres en Yulwitz debían andar siempre con un filoso machete en las manos para defenderse de cualquier peligro. Mr. Puttison ya había comprobado la efectividad de un filoso machete.

Preparados para el viaje, los tres amigos salieron del poblado dirigiéndose a orillas del río donde los viejos compadres, Lamun y Lopin estaban acampados. Al llegar a orillas del barranco, Mr. Puttison se detuvo y comenzó a recrear sus grandes ojos saltones en las azules aguas del río Saj Ha', el cual serpenteaba allá abajo, caudaloso. Se quedó extasiado al ver la extraordinaria belleza que aquel lugar atesoraba, y como siempre; volvió a soltar su exclamación acostumbrada.

—¡Oh, maravilloso, maravilloso! El gran río Saj Ha' es una maravilla.

—Sí, míster, el río Saj Ha' tiene el mismo color del cielo y es muy hermoso. Aunque a veces cuando se sale de su cauce arrastra con las siembras que hay en toda la vega, le informaron.

—¿Es muy profundo este barranco, eh?

—Sí, míster, lleva como media hora bajar hasta el río y una hora para regresar; porque es más fácil bajar que subir, explicó Xhuxh Antil.

—Oh, por supuesto, yo comprendo. ¿Y esos caseríos que se ven en la loma al otro lado del río? siguió preguntando el gringo.

—Es la aldea de Yich Tz'isis, míster. Con ellos siempre vivimos peleando, dijo con seriedad Xhuxh Antil.

—¿Por qué se pelean ustedes? preguntó el gringo.

—Por diferentes razones, dijo Xhuxh Antil. —Ellos vienen a enamorar a las muchachas de nuestra comunidad y eso a nosotros no nos gusta. Queremos permanecer aislados de todas estas comunidades que están a nuestro alrededor; pues no queremos que nuestra gente se mezcle con la gente de afuera. La razón principal es que queremos proteger nuestras tierras, como se lo habíamos aclarado a usted a su llegada en nuestra comunidad. Nosotros, continuamente pensamos en el futuro de nuestros hijos. En cambio, en otras comunidades, muchos hombres acostumbran vender sus pequeñas parcelas de tierras comunales a otros hombres que vienen de afuera, y así, cuando los hijos crecen no tienen donde trabajar. Es así como comienzan los pleitos por tierras y se pierden nuestras tradiciones. No queremos eso aquí entre nosotros; por eso toda la comunidad protesta cuando un extraño quiere vivir y hacer su casa entre nosotros.

—¿Ésta es una comunidad muy previsora y futurista, eh?, alcanzó a decir Mr. Puttison mientras iniciaba el descenso al río por una accidentada vereda casi vertical que daba hasta la vega del río Saj Ha'.

Los tres fueron bajando poco a poco y así llegaron a media bajada en una hondonada poblada de árboles de mango, injertos, zunzas, naranjas y zapotes. Mr. Puttison respiraba agitadamente y un chorro de sudor le bañaba la frente despejada y ceñuda.

—Un pequeño descanso aquí, sugirió Mr. Puttison.

Los dos amigos accedieron, sentándose a descansar bajo la deliciosa sombra de aquellos árboles frutales. En todas partes se veían pequeñas fuentes que brotaban a borbotones de la tierra, y plantas de pacaya florecida a orillas de todas las corrientes y arroyos. Koxkoreto buscó las pacayas más tiernas y haciendo varios manojos, las guardó en su morral.

—¿Para que sirven ésos? preguntó el gringo.

—Sirven para comer, míster. Se fríen con huevos o se pueden comer así cocidas sobre la braza o el comal. Son muy sabrosas cuando son tiernas, pero cuando ya son sazonas, son muy amargas e irritantes al paladar, contestó Koxkoreto.

Aquel lugarcito fresco y acogedor despertó en Mr. Puttison los deseos de tomar fotografías de todas las plantas tropicales que allí florecían. Los antepasados de la gente de Yulwitz habían sembrado aquellos árboles frutales para darle sombra a los caminantes y de paso aprovechar de sus frutas cuando caían al suelo, maduras.

Pasado el cansancio, los tres siguieron su descenso al río por el mismo caminito que se hacía cada vez más accesible.

Por todas partes se veían cultivos de piñas, caña de azúcar y maguey. Los de Yulwitz eran los únicos en toda aquella región que trabajaban la fibra del maguey para hacer lazos, mecapales, morrales, matates, hamacas, y otros artículos más que vendían a los pueblos vecinos.

Al ver aquellos cultivos limpios y hermosos, Mr. Puttison volvió a soltar su mecánica expresión.

—¡Oh, maravilloso, maravilloso! Sus grandes ojos verdes se pasearon por todas partes escudriñando los alrededores, hasta que se quedó viendo fijamente a una loma casi pelada, con escasos arbustos y pinos raquíticos.

—Oh, se ve que un incendio ha destrozado aquel hermoso bosque de pinos. ¿Qué pasó?

—Sí, míster, fue un incendio. Un incendio que pasa por estos bosques cada año.

—¡Oh, que lástima! se quejó Mr. Puttison.

—No, míster, no es una lástima, dijo Xhuxh Antil, hablando como el que tiene sus razones. —La quema de esta sección del bosque de pinos ha pasado a ser parte de nuestras tradiciones; ya que así lo hemos hecho año tras año, antes de la entrada de las lluvias.

—¿Y por qué queman ustedes el bosque? Yo no comprende la razón.

Xhuxh Antil se lo explicó detenidamente.

—Como puede ver, ésta es una pequeña sección del bosque de pinos que se ha quemado cada año. El fuego quema las malezas y hojas secas alrededor de los árboles grandes y esto lo hemos hecho por tres razones que nosotros creemos importantes.

—¿Cuáles son esas importantes razones? preguntó impaciente el gringo. Y Xhuxh Antil respondió con toda naturalidad:

—Pues viera, míster, que la primera razón es para que cada

año tengamos buen ocote; ocote bien coloradote y trementinoso de esos que nos alumbran durante las noches en la comunidad. El ocote también les sirve a nuestras mujeres para hacer el fuego en cada amanecer de nuestras vidas de campesinos madrugadores.

Antes de que diera su opinión el gringo, Koxkoreto reforzó las palabras de Xhuxh Antil, ofreciendo la segunda razón por la que incendiaban aquella sección de la pinada.

—La otra razón, míster, es que como en Yulwitz las mujeres son las encargadas de buscar leña para hacer las tortillas en la casa, vienen a la pinada constantemente a buscar leña. Algunas veces, las mujeres embarazadas han caído bajo su tercio de leña al resbalarse con las hojas lisas que botan los pinos. Para protegerlas de estos accidentes, hemos decidido mantener los caminos por donde ellas caminan, limpios y sin peligro. Lo hacemos para protegerlas.

Xhuxh Antil volvió a intervenir:

—Otro de los motivos que nos empuja a quemar esta sección del bosque es para destruir toda la paja que crece entre la pinada, pues los habitantes de ese caserío de Yich Tz'isis acostumbran cruzar el río para venir a cortar esta paja, provocándonos muchos disgustos y perjuicios en nuestras siembras.

—Oh, pero eso no es conveniente, protestó Mr. Puttison.

—¡Cómo no!, continuó Xhuxh Antil hablando seriamente.

—Si quemamos la paja no es porque no querramos que ellos construyan sus casas con esa paja, sino porque queremos evitar que roben los productos de nuestras siembras. Muchas veces ellos dicen que a cortar paja llegan a nuestras tierras, pero la verdad es que también cortan nuestras frutas, piñas, naranjas, cacao, y cortan nuestras cañas. Así es que no queremos darles motivos para que destruyan nuestros cultivos con el pretexto de buscar la paja.

—Oh, eso es una historia muy extraña, dijo Mr. Puttison.

—Es extraña para usted, pero para nosotros no. Eso siempre ha sido el motivo de nuestra rivalidad contra los de Yich Tz'isis, insistió Xhuxh Antil.

—Yo comprendo que ustedes tienen problemas con otra comunidad, pero yo considero que es mejor no quemar la pinada, porque se queman los pinos pequeñitos; y así la pinada desaparecerá si ustedes cortan los árboles grandes para ocote y no dejan crecer los árboles pequeños. En el futuro tampoco tendrán más ocote, observó Mr. Puttison.

—Yo creo que usted tiene razón, míster. Pero como usted puede ver, estos pinos son muy viejos y la gente sabe sacar lo que necesita de cada árbol sin cortarlo totalmente. Toda la comunidad se beneficia de esta sección de la pinada y afortunadamente los árboles siguen vivos a pesar de que se les extrae la trementina y rajas de ocote cuando se necesita. Si tuviéramos una gran extensión de tierra, no se vería tanto el destrozo en el bosque, pero desafortunadamente muy poca tierra tenemos y por eso cualquier cosa que hacemos con ella resulta muy visible. Pero los que han acaparado muchísimas tierras no piensan ni siquiera en los árboles. Mire usted hacia el occidente del pueblo; toda esa planicie que se ve allá en la tierra caliente está casi cubierta por potreros. Las grandes extensiones de bosques se han quemado sin que nadie haya protestado. De todos modos, usted tiene razón; pues nosotros podríamos buscar otras formas de conseguir el ocote y evitar la quema del monte bajo en el bosque de pinos. En algunas oportunidades los ancianos se han opuesto a la quema del bosque, pero es que no encontramos la forma de evitar la discordia entre nuestros pueblos. La paja ha sido uno de los motivos y por eso la hemos quemado para que ellos no tengan motivos de cruzar el río y destruir nuestras siembras.

Koxkoreto volvió a tomar parte en la conversación,

diciendo:

—Me acuerdo que también el padre Jaime dijo lo mismo en cierta oportunidad cuando el humo que provenía de la pinada ennegreció el cielo de Yulwitz. Le prohibió al vecindario quemar ese bosque, pero a pesar de sus prohibiciones siempre hubo alguien que durante las noches y a escondidas le prendía fuego a la paja seca en la pinada.

—¡Oh no! dijo con disgusto Mr. Puttison.

—De todos modos vamos a exponer esto en la próxima reunión o *lahti'*, que tengamos con el vecindario. Puede que los que causan los incendios vayan también entendiendo poco a poco que no es bueno chamuscar la pinada, concluyó Xhuxh Antil.

Siguieron caminando por aquel pequeño valle lleno de árboles frutales, hasta que Koxkoreto anunció:

—Allá en aquel cañaveral están los viejos que nos esperan.

Mr. Puttison y sus dos acompañantes apresuraron sus pasos avanzando por aquella senda arenosa. El sol que casi se ocultaba detrás de las montañas cercanas alumbraba las copas de los árboles más altos y proyectaba extrañas sombras sobre el río cuyas aguas retumbaban al chocar contra enormes rocas en su cauce.

A escasos metros de la galera donde los viejos y sus mujeres vivían temporalmente, se comenzó a escuchar los gritos del arriero que azuzaba a los bueyes. Dos bueyes pardos y enormes hacían girar el ruidoso trapiche mientras se escuchaba caer un chorro de agua de caña en los cubos. En Yulwitz no hay ganado vacuno; de manera que Lopin y Lamun fueron a alquilar los bueyes a los dueños de los potreros en las tierras calientes al occidente de Yulwitz. Con respecto al trapiche, los mismos viejos habían construido las ruedas y los engranajes de aquella máquina utilizando madera fuerte del árbol llamado "quiebrahacha".

—¡Vamos, vamos, bueyes cabrones! ¡Fíííuuu...!

Seguido de los gritos y chiflidos restallaban los latigazos en las ancas de los bueyes que babeaban al girar sobre la alfombra de bagazos en torno al trapiche. El trapiche chirriaba cuando sus dos cilindros mordían las gruesas cañas de "Cecilia" que eran desquebrajadas por la fuerza de los bueyes. El agua de caña caía en chorros espumosos en un gran cubo labrado de palo de aguacatillo que los viejos venían utilizado por muchos años. El trapiche era nuevo, pues el anterior había sido arrastrado por las aguas del río Saj Ha' cuando se desbordó durante el invierno pasado. Los viejos Lopin y Lamun se quitaron el sombrero e inclinaron la frente ante Mr. Puttison con un saludo ceremonial. Luego le indicaron en su propia lengua que chupara cañas si quería y que se sintiera en su propia casa. Los dos amigos explicaron esto a Mr. Puttison, quienes dando el ejemplo se acercaron a los cubos y tomaron agua de caña en una jícara. Luego llenaron otra jícara y la ofrecieron a Mr. Puttison. Con mucha indecisión el gringo bebió el dulce contenido de la jícara, escupiendo después pequeñas astillas que se le habían quedado prendidas entre los dientes. El gringo exclamó satisfecho.

—¡Oh, agradable!

—¿Quiere otra jicarada, míster? preguntó Koxkoreto.

—Oh no, una jícara es suficiente; además el agua de caña es muy dulce y yo no quiero más, gracias.

—También hay mercocha, míster, dijo Xhuxh Antil; trayendo en un guacal unas grandes tabletas casi circulares de un color amarillento y que estaban envueltas en hojas de plátano.

—¿Ésta es la mercocha? preguntó el gringo.

—Sí, míster, estas son mercochas y se sacan del perol cuando el agua de caña esta hirviendo y espesándose; casi a punto de convertirse en dulce o panela.

Mr. Puttison se acercó a la caldera de agua de caña que hervía sobre el horno.

—¿De aquí se saca la mercocha? preguntó otra vez intrigado.

—Sí, míster, le vamos a enseñar cómo sacarla, le dijo Xhuxh Antil.

—Oh, debe ser muy piligroso, exclamó Mr. Puttison.

—Claro que sí, por eso uno debe ser muy "chispudo" en meter la caña al perol, le explicó Koxkoreto.

Xhuxh Antil fue a traer tres cañas gruesas entre toda la caña apilada junto al trapiche y le entregó una a Mr. Puttison, la otra a Koxkoreto.

—Antes de que se obscurezca debemos preparar nuestras cañas para sacar la mercocha, míster, dijo Xhuxh Antil. Diciendo esto, comenzó a raspar la caña con el reverso de su machete.

—¿Por qué se raspa la caña?, preguntó el gringo.

—La caña se raspa para dejarle la corteza áspera, de manera que la mercocha se le pegue fácilmente, respondió Xhuxh Antil.

Mr. Puttison comenzó a raspar también la suya. Mientras los tres estaban ocupados preparando las cañas, Lamun se les acercó diciendo que la caldera estaría en su punto de melcocha a las nueve de la noche. Mr. Puttison consultó su reloj y eran las seis de la tarde; de manera que faltaban tres horas para meter las cañas a la caldera hirviente.

Mientras preparaban las cañas, una muchacha de hermoso güipil llegó a avisarles que se acercaran a la otra galera a cenar. Koxkoreto y Xhuxh Antil pusieron sus cañas sobre la leña apilada junto al horno y llevaron a Mr. Puttison a cenar donde se les había indicado. Había un grupo de cinco mujeres trabajando en aquella galera sin paredes, sostenida únicamente por seis horcones y techada con hojas de caña. Dos mujeres molían el nixtamal en las piedras de moler y dos se ocupaban en voltear las tortillas sobre el comal, mientras la esposa de Lamun era la encargada de repartir la comida a los trabajadores. Era la dueña de la casa y por ser la mayor, sabía hacer milagros con la olla de frijoles, especialmente cuando había que alimentar visitantes que se sumaban a los trabajadores a la hora de comer. La esposa de Lamun tenía la costumbre de servir por parejo a todos, distribuyendo equitativamente las tortillas y los frijoles.

La muchacha que ayudaba en la cocina llevó agua limpia en un guacal para que los visitantes se lavaran las manos. Luego volcó un canasto sobre el suelo, sobre el cual colocó una escudilla de frijoles con chipilín, suplicando a Mr. Puttison que se sentara a cenar. Lo mismo hizo con Koxkoreto y Xhuxh Antil, a quienes sirvió colocándoles sus escudillas sobre el suelo y arrimándoles un canasto lleno de tortillas calientes. Sin desperdiciar el tiempo, los dos amigos comenzaron a comer alegremente mientras Mr. Puttison, como de costumbre, quería rehusar la comida. Al ver esto, Xhuxh Antil y Koxkoreto le hicieron saber que si despreciaba la comida que amablemente le ofrecían los señores; éstos se iban a sentir muy ofendidos.

Mr. Puttison accedió sonriendo:

—*Okey, okey*. Esta vez comeré con todo gusto la comida típica de Yulwitz.

Xhuxh Antil y Koxkoreto comieron a gusto sus tortillas, frijoles y chiles hasta saciar su apetito de campesinos hambrientos. Lo mismo hacía Mr. Puttison a quien le lloraban los ojos y moqueaba por un pedazo de chile que había masticado descuidadamente.

—¿Por que llora, míster? preguntó Koxkoreto, en son de broma.

—Oh, éste es un pimiento muy caliente, respondió el forastero. Los dos amigos se pusieron a reir.

—¿Por qué se ríen de mí? preguntó Mr. Puttison.

—Por lo que usted acaba de decir, míster; respondió Koxkoreto. —Lo que usted quiere decir es que los chiles son muy picantes. Se debe decir "picante" y no "caliente" como usted acostumbra decir.

—Oh sí; los chiles son muy picantes, picantes...y gracias por corregirme. Yo debo decir "picante" desde ahora.

Al terminar de comer se levantaron y le dieron las gracias a las mujeres de la cocina; quienes respondieron amablemente en lengua Popb'al Ti'.

—*Yab'mih tatoh xnoh he k'ul*, expresión que tradujeron a Mr. Putisson así. "Ojalá se hayan llenado bien el estómago".

Mr. Puttison se sobó el abultado estómago diciendo:

—Oh, frijoles con chilipín... or chipilín son muy deliciosos, dijo, recordando dificultosamente la palabra chipilín, nombre de la planta soporífera cuyas hojas han sido siempre parte esencial de la dieta de la gente de Yulwitz.

—Claro, míster, le respondió Xhuxh Antil. —Aquí en Yulwitz desde que se nace se comen tortillas y frijoles con chipilín. Se crece comiendo tortillas y frijoles con chipilín; y se muere comiendo tortillas y frijoles con chipilín. Ésta es la comida típica de Yulwitz.

—Y sin faltar también en la mesa los chiles..., intervino Koxkoreto.

—¡Chiles picantes!, agregó Mr. Puttison quien comenzó a utilizar correctamente la palabra desde entonces.

Mientras hablaban, la noche fue cayendo y los bueyes dejaron de trabajar. El mozo que los arreaba los fue a amarrar en unas estacas junto a las hojas de caña recién cortadas; ya que tendrían que continuar con el trabajo al siguiente día.

—Oh, los bueyes deben estar muy cansados dando

vueltas, vueltas y más vueltas, dijo Mr. Puttison, compade-
ciéndose de los rumiantes.

—Sí, míster, así es la vida de los bueyes y de los hombres
aquí en Yulwitz, trabajar duro como siempre, respondió
Xhuxh Antil.

—El trabajo sería más fácil con una máquina, insistió el
gringo, a lo que Xhuxh Antil también respondió:

—Tal vez, míster, pero, ¿cómo conseguir máquinas si no
hay pisto? Este trapiche que usted ve trabaja exactamente
como una máquina y aquí resulta barata porque los mismos
viejos las construyen con madera fuerte que no se rompe
fácilmente.

—¡Oh, maravilloso! Los viejos son muy excelentes
constructores. Fabrican con madera sus propias maquinarias
y eso es extraordinario.

Una vez más, Mr. Puttison reconoció la laboriosidad de los
viejos, quienes eran dignos descendientes de los antiguos
mayas.

Mientras tanto, Lopin y Lamun hicieron una hoguera al
aire libre y alrededor del fuego se sentaron todos, hombres y
mujeres. Cada quien buscó una piedra, un tronco o un trozo de
grueso leño para sentarse. Solamente las mujeres se sentaron
sobre los petates tendidos sobre el suelo. Don Lamun echó
más leña al fuego y las llamas se avivaron ilumimándole la
cara a todos y proyectando largas sombras danzantes
alrededor de los reunidos.

—Qué suerte que tengo de estar conviviendo con ustedes
esta noche, habló Mr. Puttison, interrumpiendo el silencio.

—El gusto es nuestro, míster, respondió Koxkoreto. —Y
no se dice "que suerte que tengo" sino sólo: "que suerte
tengo".

—Oh, gracias, hombre, yo quiero que ustedes me corrijan
cuando yo cometa errores, ¿*Okey?* También quiero pedirles

que no me llamen "míster" todo el tiempo. Acuérdense que yo me llamo Dudley, *¿okey?*.

—Muy bien, míster, dijo Xhuxh Antil. —Usted debe aprender a decir también los nombres de sus amigos en idioma Popb'al Ti'. Llámeme siempre "Antil", en vez de "Andrés". A mí me gusta mucho ese nombre, aunque así se llama también una clase de ranas que durante la estación lluviosa se trepan a los árboles a cantar.

—¡Oh, interesante! dijo Mr. Puttison. —Ahora yo quiero que don Lamun y don Lupin tomen también parte en la conversación. Pregúntenles, ¿cómo se pronuncia mi nombre en su idioma?

Koxkoreto le habló a don Lamun, diciéndole:

—*Tolob' tzet xhjute jalni sb'i ya' komam ti' yinh jab'xub'al.*

—*Yaja' xin T'ut' mi sb'i ya'.*

—¿Que ha dicho el señor? preguntó Mr. Puttison.

—Don Lamun dice que su nombre en nuestra lengua se pronuncia como *T'ut'.*

Mr. Puttison se paró de su asiento inconforme y gritó:

—Oh por favor, no me busquen otro nombre, mi nombre es Dud.

—Sí, míster, pero la D no existe en nuestra lengua. Lo más parecido es *T'ut',* pero es otra cosa. Todos se rieron.

—¿Qué es *T'ut',* entonces?

Xhuxh Antil se adelantó a explicar, con una sonrisa picaresca.

—*T'ut'* es el ruido que produce el aire al soltar un pedo disimulado.

—Oh, ya comprendo. A mí no me gusta ese nombre, dijo Mr. Puttison. —Prefiero entonces que ustedes me llamen Mr. Puttison y no *T'ut'.*

Don Lopin casi no prestaba atención a la plática porque a

cada rato se acercaba al perol para controlar la cocción de la panela. Fue entonces que unos pocos minutos antes de la hora indicada don Lopin anunció:

—Prepárense los que quieran meter caña, porque está en punto de mercocha la panela.

Koxkoreto y Xhuxh Antil prepararon sus cañas y se pararon junto al perol. En cambio Mr. Puttison, con mucha precaución se quedó parado lejos del horno, preguntando:

—¿Cómo don Lupin sabe el momento de la mercocha?

Xhuxh Antil le respondió:

—Don Lopin ha trabajado por muchísimos años haciendo su panela y... mire, mire... como prueba el punto de mercocha.

En esos momentos don Lopin se acercó otra vez al perol hirviendo, llevando en la mano un pequeño guacal con agua. Remojó los dedos de la mano derecha entre el agua y así, con una rapidez asombrosa pasó los dedos sobre la superficie hirviente del espeso líquido en el perol, levantando la pequeña cantidad de melcocha que él necesitaba.

—¡Oh, el señor Lupin va a quemarse!, exclamó asustado Mr. Puttison.

—No, míster, don Lopin tiene mucha práctica para meter los dedos desnudos entre la panela hirviente, sólo necesita tenerlos mojados, le explicó Koxkoreto.

—Oh, ya comprendo. ¡Mucha habilidad!, reconoció Mr. Puttison.

—Si míster, es mucha habilidad, aunque también es muy peligroso. Para don Lopin es la mejor forma tradicional de hacerlo; y nadie como él lo hace mejor.

—Oh, yo nunca haría eso tampoco, dijo el gringo.

Don Lopin despegó la tela de melcocha que le había cubierto los dedos mojados y lo amasó en una pequeña bola para comprobar su textura; luego aventó la bolita de melcocha al perol.

—Ya está en su punto, ¡a bajar el perol del horno!, gritó Lopin a sus trabajadores.

Entre los pocos hombres que allí estaban, bajaron el perol al suelo y entonces don Lopin volvió a dar el aviso que metieran sus cañas al perol para que sacaran melcocha. Eso sí, les pidió que tuvieran mucho cuidado.

Dando el ejemplo, Koxkoreto metió su caña raspada y comenzó a girarla dentro del perol embarrándola de melcocha caliente. Cuando la caña estuvo cubierta hasta la mitad por la capa de melcocha, la sacó lentamente dándole vuelta a la caña para que no se despegara la melcocha que se le había prendido. Con mucha rapidez giró y giró la caña en las manos de manera que la melcocha no se desprendiera, y que se enrollara a la caña poco a poco hasta enfriarse.

Casi todos metieron sus cañas al mismo tiempo, y tenía que ser así porque pocos minutos después la melcocha se había espesado y convertido en panela. Mr. Puttison había logrado embarrar una parte de su caña y hacía los movimientos de enfriar la melcocha y de mantenerla pegada a la caña sin chorrear, como sus amigos lo hacían.

Inmediatamente los trabajadores trajeron los cubos o moldes donde verterían la panela líquida para solidificarse en marquetas o piloncillos de una o dos libras de peso. Hecho esto, don Lopin y don Lamun se pusieron a cuchichear muy quedamente en la galera donde trabajaban las mujeres. Incluso las mujeres de los viejos tomaban parte en la conversación casi secreta, alejados de la presencia de los visitantes.

—*Haya' komam ti', haya' xsatnhen te'. Kaw howmi xhchik'il ich lejeh*, decía la esposa de Lopin, quien observaba en esos momentos una pequeña muestra de la panela recién cocida.

Atraído por la curiosidad, Koxkoreto se acercó al grupito

a escuchar lo que decían. La esposa de Lopin aseguraba lo mismo, diciendo que la panela no había salido muy amarilla como lo esperaban, porque había sido ojeada mientras se cocía.

—Este señor que nos visita es el que la ha ojeado. Tiene la sangre muy fuerte, decía la esposa de Lopin; lo cual Koxkoreto le tradujo a Mr. Puttison. El visitante preguntó, sonriendo:

—¿Por qué dicen ellos que yo he ojeado la panela?

—Porque la panela salió muy negra, casi quemada; y porque estuvo a punto de hervir y rebalsarse del horno mientras se cocía. Dicen que esto sucedió desde que usted estuvo viendo hacia el horno. Esto no sucede con frecuencia, sino sólo cuando hay personas como usted, que tienen la sangre muy caliente. Esta es una creencia de la gente de Yulwitz, le explicó Koxkoreto.

—Oh, yo siento mucho lo que ha pasado, se disculpó Mr. Puttison.

—No tenga pena, míster, ellos dicen que esto sucede sin querer. Son fuerzas o emanaciones invisibles que el individuo emite y que no puede controlar.

—*Okey, okey*, yo comprendo, dijo Mr. Puttison más conforme.

Xhuxh Antil interrumpió la plática diciendo con animación:

—Muy bien amigos, la mercocha ya esta enfriada y es tiempo de desprenderla de las cañas.

A su aviso, los que habían metido sus cañas comenzaron a despegar la melcocha de las cañas, amasándola y estirándola, hasta darle una elasticidad formidable, y formando con las mismas, figuras caprichosas que luego envolvían en hojas de plátano.

Eran las nueve de la noche y los ocotes encendidos movían

sus largas llamas que danzaban por la fresca brisa que soplaba desde el río. Con esta poca luz, los trabajadores terminaron de vaciar la panela líquida en los moldes para solidificarla.

Sentado sobre un grueso leño, Mr. Puttison manoteaba en el aire, tratando de aplastar algunos zancudos que del río venían a zumbarle en los oídos. Mientras tanto, Xhuxh Antil y Koxkoreto pedían que les sirvieran una jícara de posol a cada uno para apagar su sed; o más que esto, era para saborear la melcocha que habían preparado con anterioridad. En Yulwitz es costumbre comer algo dulce mientras se toma el posol.

—¿Quiere usted posol también, don gringo? preguntó la muchacha que había servido la cena.

—Oh sí, gracias, respondió Mr. Puttison sin rechazar la oferta

Servida la bebida, Mr. Puttison se empinó la larga jícara rebosante, mordiendo después su deliciosa melcocha recién amasada.

Al terminar el posol, todos devolvieron sus jícaras y guardaron sus melcochas sobre la leña apilada junto al horno. Solamente don Lamun y don Lopin seguían preocupados, tapando la panela para que no la lamieran los perros que allí estaban sentados sobre sus colas esperando el menor descuido de los viejos. A los perros y a los murciélagos les encanta la panela, porque es dulce, y por eso había que protegerla bien, porque en Yulwitz se usa para endulzar el café. En otras comunidades también la usan para fabricar la cusha, ese aguardiente clandestino tan fuerte que hace perder el juicio a los hombres y tumbarlos al suelo.

La muchacha del güipil blanco se le acercó a Mr. Puttison, diciendo:

—Aquí hay un petate para que usted duerma, don gringo.

—Oh gracias, pero traigo mis propias mantas para dormir,

dijo Mr. Puttison, rechazando el petate nuevo que le ofrecían. Koxkoreto le aconsejó:

—De todos modos úsela, míster, para que no se le pegue el polvo a su ropa.

Mr. Puttison recibió el petate y escogió el lugar más obscuro debajo de los mangales para dormir.

—Éste es un excelente lugar para dormir, retirado del mundo, dijo el gringo.

—Es muy agradable dormir al aire libre y con la cara al cielo viendo las estrellas, mientras la brisa del río refresca el cuerpo, le comentó Xhuxh Antil.

—Oh sí, todo es muy agradable, ¡menos los mosquitos!, protestó Mr. Puttison, manoteando en el aire para espantarse los zancudos.

—La vida del campesino es muy agradable y tranquila, míster, dijo Xhuxh Antil, mientras colocaba el petate donde iba a dormir junto con Koxkoreto.

Las mujeres, por su parte, taparon todas las ollas junto al fuego, lavaron el molendero y voltearon las piedras de moler para que las ratas no se pasearan sobre los metates durante la noche. En su lugar de reposo, Mr. Puttison sacó un cigarrillo y comenzó a fumarlo para ahuyentar a los mosquitos. Eran tal vez las once y media de la noche y las mujeres apagaron los ocotes y se fueron a dormir a la galera grande donde dormían sus hijos y sus maridos.

A Mr. Puttison no le entraba el sueño y siguió fumando hasta la media noche. Incluso, le dieron ganas de bajar al río a remojarse y refrescar su cuerpo caliente y sudoroso. Nadie supo a que horas le venció el sueño.

Al día siguiente, muy temprano lo despertaron las voces de las mujeres que hablaban junto al fuego. Mr. Puttison vio su viejo reloj de bolsillo y comprobó que eran las cuatro de la mañana. La estrella *Saj B'es*, el lucero del alba, estaba brillando por el oriente y los hombres seguían acostados a excepción del viejo Lopin, quien regresaba de ponerle zacate a los bueyes.

—Ser campesino es ser madrugador, pensó Mr. Puttison. Ciertamente, antes de que amaneciera (a las cuatro y media de la madrugada) todos los hombres se levantaron y se sentaron alrededor de la fogata que las mujeres habían encendido para ahuyentar el frío y la pereza del amanecer. Mr. Puttison se sentó sobre su petate y vio cómo la esposa de Lamun desenterraba un grueso tizón debajo de las cenizas y lo soplaba para encender el fuego. Ewul Peles no acostumbraba usar cerillos para encender su fuego cada amanecer. Antes de acostarse, acostumbraba enterrar debajo de las cenizas uno o dos de los tizones o leños de la madera más dura. Entonces al amanecer solo le bastaba soplar y pegar junto a la brasa una astilla de ocote trementinoso para encender el fuego del nuevo día.

Mr. Puttison miraba el arte de conservar el fuego, sentado sobre su petate y fumando su primer cigarro del día. Al fin, el gringo decidió saludar a los madrugadores.

—¡Buenos días a todos! dijo pausadamente.

—Buenos días, don Puttison, gritaron todos en coro.

Todos se levantaron de los petates, pues las mujeres comenzaron a trabajar y no querían pasar sobre los pies de los hombres. Se cree que el hombre se acalambra si una mujer pasa sobre sus pies, sus lazos o sobre su sombrero.

Ese día desayunaron muy temprano y vieron como los trabajadores colocaban el yugo a los bueyes, alistándolos para una nueva jornada. El amanecer pronto se llenó de bullicio por el chirriar del escandaloso trapiche y por las risotadas de las mujeres que bromeaban en la galera. Pero los gritos más desagradables surgían del arriero que como una eterna letanía vociferaba lo mismo, azuzando a los bueyes.

—¡Vámole bueyes..! ¡Fíííuuu..., fuérzale!

Mientras el arriero gritaba, descargaba tremendos latigazos en los lomos de los bueyes que seguían con el mismo paso haciendo un círculo interminable alrededor del trapiche. Ésta era la rutina del día, desde el amanecer hasta el anochecer, durante los quince días que duraba la molida de caña.

—¡Hermoso día!, exclamó Mr. Puttison, cuando el quemante sol de abril iluminó las más altas crestas de los montes Payiles e incendió con vivos colores el fértil valle del gran río Saj Ha' donde estaban acampados.

—Sí, míster, es un día muy hermoso, respondieron sus amigos mientras observaban a los bueyes que giraban alrededor del trapiche botando babas y espantándose con la cola las moscas y las sanguijuelas que les picaban. Detrás de los bueyes el arriero también daba vueltas gritando y silbando casi inconscientemente.

—¡Vamos, bueyes cabrones, fuérzale, fíííuuuu, fíííuuuu...!

LA PICADURA DE VIBORA

Xhuxh Antil y Koxkoreto le recordaron a Mr. Puttison que ya era tiempo de regresar a casa y que tendrían que pasar a cortar leña en el camino. Mr. Puttison comenzó a alistarse, envolviendo las mantas que usó para dormir.

—¿Va a llenar su tecomate con agua de caña, míster? le recordó Xhuxh Antil.

—Oh, claro que sí, respondió el gringo, yendo al cubo a llenar su tecomate con agua de caña.

Como a las diez de la mañana los tres amigos se despidieron de Lopin y Lamun; y también agradecieron el buen servicio que recibieron de las mujeres.

—Yo conozco otra vereda para regresar a la comunidad pero es mucho más pendiente, sugirió Koxkoreto. Mr. Puttison respondió:

—A mí me gustaría conocer todos los caminos de estos pueblos y por eso me interesa conocer ese nuevo camino.

El extranjero no quería perderse ningún detalle de esta aventura en tierra indígena.

—Muy bien, míster, así usted conocerá una misteriosa cueva que le vamos a enseñar.

—¿Y tiene algo de especial esa cueva? preguntó con mucho interés el aventurero. Koxkoreto le respondió:

—Sí, míster, en la cueva hay muchas cabezas de los *paywinaj*, los hombres antiguos, y hay otros objetos que nadie se ha animado tocar.

—¡Oh, maravilloso, maravilloso! Vamos allá inmediatamente.

Mr. Puttison experimentó una visible satisfacción, pues se puso más colorado que nunca cuando Koxkoreto le mencionó la cueva misteriosa.

Comenzaron de inmediato el duro ascenso a Yulwitz. Koxkoreto iba adelante guiando el camino, Mr. Puttison en medio, y atrás Xhuxh Antil caminaba lentamente bajo el peso de los grandes tecomates de agua de caña que traía.

Llegados casi a media cuesta, Mr. Puttison preguntó fatigado y sudoroso.

—¿Cuánto falta para llegar a la cueva? Koxkoreto le respondió:

—Falta poco, míster, la cueva esta allá arriba donde se ven aquellos grandes árboles frondosos.

Siguieron caminando apresuradamente y media hora después llegaron a la entrada de aquella gruta sombría.

—Ésta es la cueva de Swi' Kamom, dijo Koxkoreto sentándose sobre unas piedras a descansar.

Mr. Puttison abrió sus grandes ojos verdes viendo con mucha curiosidad el extraño lugar a donde había sido conducido por su amigo Koxkoreto.

—¿Alguien ha explorado esta cueva antes?

—No, míster, nadie ha entrado a la cueva. Se dice que si alguien entra a la cueva, ésta se puede cerrar tragándose al que ha entrado.

—Oh, yo no creo en eso. Yo soy americano y yo quiero explorar esta cueva desconocida, dijo Mr. Puttison.

—Vea usted si quiere bajar, porque nosotros no bajaremos, le dijeron sus amigos.

Mr. Puttison preparó su linterna de mano y penetró por la difícil entrada de la cueva. Sus amigos, temerosos de que algo fuera a suceder, se quedaron sentados en la entrada de la cueva esperando la salida del gringo.

Pasaron treinta minutos y Mr. Puttison no salía. Xhuxh

Antil y Koxkoreto estaban atentos a cualquier ruido que se produjera dentro de la cueva. De pronto, un horrible grito multiplicado por el eco se escuchó en la profundidad de la cueva. Los amigos huyeron asustados, abandonando sus morrales; pero luego recapacitaron y regresaron a la cueva con sus filosos machetes en alto dispuestos a combatir contra lo que fuera a salir de las entrañas de la tierra.

Estaban así, en esta posición de alerta cuando de repente se asomó el gringo trayendo en las manos una enorme calavera muy bien conservada. Cuando Mr. Puttison vio en la claridad a sus amigos que lo esperaban, les gritó suplicante:

—¡Oh, por favor, ayúdenme! Una víbora mordió mi pantorrilla.

Xhuxh Antil y Koxkoreto corrieron al encuentro del gringo e inmediatamente buscaron la forma de salvarle la vida. Era la clásica picadura de la víbora *icham* o víbora de cascabel. Mr. Puttison se tendió sobre el suelo quejándose y retorciéndose por el dolor.

—¿Trae usted más cigarrillos, míster?, le preguntó Koxkoreto.

—Sí, sí, en mi morral hay más cigarrillos, dijo fatigosamente.

Sacaron los cigarrillos y los deshicieron para reunir un puño de tabaco. Luego, Xhuxh Antil le dijo al gringo que se aguantara porque iban a hacerle un corte sobre la herida para aplicarle el tabaco y succionarle el veneno de la víbora. Mientras tanto, Koxkoreto hizo fuego y quemó la parte filosa de su machete para desinfectarlo y hacer el corte en forma de cruz sobre la herida. Hecho el corte, Xhuxh Antil se echó el tabaco a la boca y comenzó a sorber la herida extrayendo el veneno que la víbora había inyectado en el pie izquierdo del aventurero. Experto como cualquier curandero, Xhuxh Antil siguió mamándole la herida y escupiendo luego la sangre pegajosa mezclada con el tabaco. Varias veces hizo lo mismo, hasta que comenzó a marearse, porque quizá habría tragado algo de la ponzoña que había extraído con la boca de la pierna del gringo.

—Ya yo ahora, dijo Koxkoreto, ocupando el lugar de Xhuxh Antil.

Koxkoreto se echó tabaco a la boca, moliéndolo con los dientes y luego se agachó sobre la herida para continuar el trabajo de Xhuxh Antil. Escupió al suelo, y luego volvió a masticar más tabaco hasta hacer una pasta salivosa que luego aplicó sobre la herida. Koxkoreto le aseguró al gringo que la saliva es el peor veneno para las culebras. Si se agarra una culebra viva y se le echa saliva a la boca, la culebra se hincha inmediatamente y muere.

—La saliva es un secreto contra la mordedura de serpientes, reveló Koxkoreto.

—¿Tiene usted algún pañuelo, míster? preguntó Xhuxh Antil ya descansado.

—Oh sí, aquí yo tengo uno; dijo Mr. Puttison sacando un pañuelo blanco del bolsillo.

Xhuxh Antil y Koxkoreto le vendaron cuidadosamente la herida y lo recostaron bajo la sombra de los frondosos árboles a orillas de la cueva para que reposara tranquilamente. A pesar de la mordedura de la víbora y el dolor que estaba experimentando, el aventurero no soltó el cráneo que traía en la mano.

—¿Para qué quiere usted esa calavera, míster? preguntó Xhuxh Antil mientras le servía agua a Mr. Puttison, quien comenzaba a respirar fatigosamente.

—Oh, yo quiero examinarlo cuidadosamente a la luz del día, dijo.

—¡No, míster! dijo Koxkoreto. —Es pecado perturbar la calma de los muertos; y además, lo pueden asustar a usted de noche.

—Oh, yo no creo en supersticiones, respondió el gringo.

—Yo quiero llevarlo en una bolsa y guardarlo en mi cuarto.

Koxkoreto observó que aquel cráneo estaba muy bien conservado. Tenía casi todos los dientes completos y era muy grande, más grande que la cabeza de cualquier habitante actual de Yulwitz y de los alrededores.

—Muy bien, don Dudley, dijo Xhuxh Antil.

—Ahora le buscaremos a usted un bordón para que se apoye al caminar. Nosotros quisiéramos cargarlo ahorita mismo, pero con esta cuesta tan empinada y el mal camino, no podríamos caminar bajo su peso.

—Oh, yo comprendo. Yo peso casi como un hipopótamo, dijo Dudley, tratando de hacer bromas a pesar de su dolor.

—Apóyese usted en nuestros hombros y lo conduciremos lentamente hasta alcanzar la orilla del barranco.

—*Okey, okey*, metan también el cráneo en mi morral, porque no quiero abandonarlo, dijo el gringo.

A duras penas continuaron el ascenso llevando a Mr. Puttison apoyado en sus hombros. Iba arrastrando el pie, y de vez en cuando daba pequeños saltos de canguro al esquivar troncos y rocas en su camino.

—Su pie se está hinchando más, míster, pero aguántese. Uno de nosotros irá a pedir ayuda al poblado en cuanto salgamos de este mal paso, le dijo Xhuxh Antil, tratando de reanimar a Mr. Puttison.

Xhuxh Antil y Koxkoreto, acompañaban pacientemente a Mr. Puttison, quien sudaba a chorros ascendiendo el último tramo de la barranca del río Saj Ha'. Al fin alcanzaron el borde del barranco y allí Mr. Puttison se tendió sobre una laja, jadeante y quejumbroso. Xhuxh Antil se adelantó para dar parte a la comunidad del accidente que había sufrido Mr. Puttison. Un grupo de jóvenes que descansaban bajo la sombra de la ceiba se ofrecieron de inmediato para ir a socorrer al herido. Para obras en conjunto, a los hombres de Yulwitz no se les ruega. Ellos hacen las cosas espontáne-amente; y así, inmediatamente llevaron una sábana sobre la cual debían traer cargado al desdichado Mr. Puttison. El herido no opuso resistencia y así se acostó cuidadosamente sobre la sábana que utilizaron en vez de camilla, y lo llevaron apresuradamente a su posada.

Mientras el gringo reposaba, alguien sugirió que era conveniente mandar a llamar al viejo Kux Ahawis para que examinara la herida. Kux Ahawis era el curandero más experto en la comunidad y por eso la gente de Yulwitz tenía confianza en sus curaciones y en su sabiduría. De esta forma uno de los colaboradores de Xhuxh Antil fue a dar el aviso al curandero quien en esos momentos se encontraba ocupado preparando sus semillas de maíz, frijol, y chile que sembraría a la entrada de las lluvias en mayo.

Después de escuchar el relato del mensajero, el viejo Kux Ahawis preparó unos cocimientos en pequeñas ollas de barro. Ya todo listo, llevó sus pócimas al lecho de Mr. Puttison quien en esos momentos se retorcía, pegando gritos escalofriantes.

El curandero se hincó al lado del enfermo y quitándose el sombrero de palma, comenzó su trabajo balbuceando una oración casi ininteligible:

Ay Dyos, mamin, tiyoxh ankeles,
santo Sahanres,
awejtij he txayeb'al yib'anh ni'an xil telaj
ch'okoj yanhaloj ya komam ti'.
Anh mat anhtajoj ch'inoltoj
sowal sti' un noh noq'
x'anikoj huchan yinh jet anmail ti'.

Oh Dios, padre, y santos ángeles
santo San Andrés,
bendigan estas plantas medicinales
que usaré para curar a este señor.
Aunque sean simples, estas plantas cortarán
el veneno de la serpiente
que le causado daño a esta persona.

El anciano Kux Ahawis hizo una especie de señal de la cruz sobre la herida con unas rajas de ocote, luego la lavó con agua de plantas medicinales y volvió a concentrarse. Hecho esto, el viejo comenzó a soplar varias veces sobre la herida y, por último tomó el emplasto de tabaco machacado con cáscaras del palo de hormiguillo y comenzó a infundirles el espíritu curativo con tres fuertes soplos. Colocó el emplasto sobre la herida y con esto, el viejo finalizó su intervención.

—Vendré mañana a hacer otra curación. Díganle al señor que no mueva mucho el pie y que tenga paciencia. Su pie se curará pronto.

Diciendo esto, Kux Ahawis recogió sus trastos de medicamentos vegetales y salió despidiéndose muy cortés-mente de Mr. Puttison y de los amigos presentes.

Con esta intervención del experto curandero de la comunidad, todos estuvieron seguros de que Mr. Puttison iba a recuperarse muy pronto. No era el primer caso de picadura de víbora que el viejo Kux Ahawis atendiera. Con su experiencia, ha batallado siempre contra todas las enfermedades que han aparecido en la comunidad. Por sus conocimientos sobre medicina tradicional, el viejo era muy querido y respetado en Yulwitz y en otras comunidades circunvecinas donde también ha prestado sus servicios, gratuitamente.

Como a la diez de la noche el enfermo se durmió. Sus

amigos guardaron el tecomate de chicha debajo de su cama y colocaron el cráneo sobre los costales de maíz apilados en uno de los rincones del cuarto. Hecho esto, salieron silenciosamente de la habitación.

El enfermo estaba allí tendido y bañado en sudor, balbuciendo palabras ininteligibles. Esa noche Mr. Puttison comenzó a tener horribles pesadillas y comenzó a hablar como un loco consumido por la fiebre. Sus gritos habían despertado a los dueños de la casa, quienes acudieron a ver lo que le sucedía. El gringo seguía hablando a grandes voces.

—¡Oh, maravilloso, maravilloso! ¡Todo es maravilloso!

El gringo siempre repetía lo mismo con una voz muy animada, como si estuviera viendo algo que le despertara su interés o su codicia. Luego se quedaba callado y solamente su jadeante respiración perturbaba el silencio de la cálida noche de abril.

Al ver que el enfermo deliraba por la fiebre, Usep Pel remojó un lienzo en agua de cal, según las instrucciones del curandero, y lo aplicó sobre la frente calenturienta de Mr. Puttison. Al sentir el lienzo frío sobre la frente, el enfermo se despertó de golpe y sacudió el pie groseramente como defendiéndose de otra víbora venenosa.

Con la luz del ocote en el cuarto, Mr. Puttison reconoció de inmediato a Usep Pel y le dijo casi sofocado:

—Oh, yo me he asustado demasiado...

—Cálmese, don gringo, y no se mueva, mire que su pie comienza a sangrar nuevamente, le indicó Usep Pel.

—Oh, yo comprendo. ¡Tontería, tontería!, se excusó el gringo.

Después de haber reducido la fiebre de Mr. Puttison con los lienzos de agua fría, Usep Pel abandonó la estancia iluminada con el ocote, dejando además, agua fresca para que el enfermo saciara la sed ardiente que le consumía.

Mr. Puttison se quedó despierto, pensando en su desgracia o en su descuido. Pensó también en la cueva que había explorado parcialmente y se sintió reanimado. Razón tendría de sonreír porque seguramente habría llegado a descubrir las extrañas vasijas pintadas y muchos cráneos regados por todas partes en la cueva. Pero tal vez lo más extraño eran aquellas monedas cuadradas con figuras extrañas que brillaban regadas entre cráneos pequeños y grandes; entre fémures, clavículas y costillas que nadie en el poblado había osado tocar. Los pocos que habían llegado a este pequeño recinto de la caverna no habían tocado los objetos allí atesorados, pues los ancianos decían que esas riquezas pertenecían a Witz, el dueño del cerro. La gente de Yulwitz cree que el dueño del cerro es un ser rico y poderoso, con características de ladino, y que si alguna persona hacía pacto con él, en ese instante también vendía su alma al dueño del cerro. La creencia estaba tan arraigada en la comunidad que la gente prefería no penetrar en las cuevas para evitar encuentros con el dueño del cerro y por eso nadie en Yulwitz tampoco presta interés a las cosas que se guardan en el interior de los cerros. Para Mr. Puttison, estas creencias eran parte del folklore o las supersticiones de la gente indígena y por eso se sonreía a pesar del dolor que sufría por aquella mordedura de víbora. Eran tal vez las dos de la mañana cuando de pronto el gringo comenzó a escuchar que alguien tocaba una tabla en el corredor de su habitación. El que tocaba trataba de imitar el ritmo que produce el tambor cuando es tocado durante los bailes tradicionales en la comunidad.

—¡Torón, torón, tón! ¡Torón, torón, tón!

Mr. Puttison tomó su linterna de mano que guardaba debajo de la almohada y tiró la luz con rapidez hacia el lugar donde se producía el ruido para sorprender al que estaba molestando. Se extrañó al ver que nadie estaba allí donde se producía el ruido. Ni siquiera los perros que dormían en el corredor se habían despertado por el ruido. Pensando que aquel ruido era producto de su imaginación, Mr. Puttison apagó el foco y se quedó quieto. Otra vez la tabla comenzó a sonar produciendo aquel ruido de tambor.

—¡Torón, torón, tón! ¡Torón, torón, tón!

Volvió a enfocar de inmediato, pero nada descubrió en el lugar del ruido. Era como si alguien estuviera jugando a las escondidas con Mr. Puttison. El ser tocaba el tambor anunciando su presencia, y cuando Mr. Puttison enfocaba, desaparecía de inmediato.

—¡Oh, extraña noche! balbuceó el gringo y se cubrió la cara. El ruido siguió pero ya no le hizo caso y se quedó dormido.

Entonces sucedió que en sueños, el gringo vio que una mujer con traje muy antiguo, que según su descripción vestía un güipil blanco muy viejo, salpicado con puntos negros y un corte tejido de color rojo que también se veía muy gastado por el uso; llegó a su cama y le suplicó:

—Señor, hace mucho tiempo que mi hermano y otros hombres dispusieron quedarse en esa casa donde usted ha llegado sin respeto a despertarlos. En estos lugares hemos vivido tranquilos y sin molestias desde que huimos del fuego y del rayo que estallaba en las manos de los extraños que vinieron a destruirnos. Ahora, después de tanto tiempo; usted es el único que se ha atrevido a molestarnos, perturbando nuestros sueños. Le suplico, pues, que devuelva a mi hermano a su casa preferida.

El gringo soñaba que la extraña mujer daba vueltas alrededor de la cama, insistiendo en lo mismo.

> Huimos del fuego y de la muerte
> porque aquellos hombres que vinieron de lejos

destruyeron nuestros pueblos;
y como nosotros no quisimos
estar bajo su dominio,
preferimos escondernos en las cuevas
y en los montes imponentes
que ahora son santuarios
donde habitan nuestros antepasados.

Al amanecer Mr. Puttison se sintió preocupado y por eso comenzó a relatar su sueño a sus amigos que llegaron a visitarlo esa mañana.

—Oh, yo he tenido horribles pesadillas, dijo. —Primero, como a las dos de la mañana, un ser invisible comenzó a tocar esa tabla en el corredor produciendo un ruido que sonaba así: ¡Torón, torón, tón! !Torón, torón, tón! Yo enfocaba al lugar del ruido pero no podía descubrir nada. Cuando el foco se apagaba el ruido seguía más fuerte.

—¿No serían ratas, míster? preguntó Koxkoreto.

—Oh, no, yo escuché el ruido muy claramente. Era como una música de tambor que sonaba así: ¡Torón, torón, tón! ¡Torón, torón, tón! Cada vez que yo enfocaba, el ruido desaparecía. Después de molestar por un largo tiempo, aquel ser invisible dejó de tocar y se alejó. Ahora, yo creo en fantasmas, dijo el gringo.

—Sí, míster, aquí hay fantasmas, dijeron todos.

—¿Cómo no lo van a espantar, don gringo, si usted tiene esa calavera cerca de su cama? ¡Huy! Yo sí me moriría del miedo si durmiera junto a una calavera como lo hace usted, intervino Usep Pel.

—¡Jo, jo, jo!, se rió el gringo. —La calavera no puede asustar. Es sólo hueso que no puede hablar. Pero, un momento..., yo quiero seguir contando mis sueños, ¿okey?

Todos se quedaron quietos esperando las palabras del

gringo.

—Pues después de escuchar el ruido, yo me dormí y fue entonces que una mujer como de treinta años de edad, de baja estatura, morena, ojos muy negros y pelo muy largo, vino cerca de mi cama y me regañó.

—¿Y cómo iba vestida?, interrumpieron.

Mr. Puttison estiró la pierna cuidadosamente, luego siguió hablando:

—Oh sí, ella usaba ropas muy viejas. Un güipil blanco con pequeños adornos o puntos negros. Ella usaba un corte color rojo y con rayas negras y blancas; y unos aretes y collares de jade preciosos.

—Ah, entonces es una de los *paywinaj*, la gente antigua que habitaba sobre esta tierra hace muchísimos años, según cuentan los más ancianos del poblado, dijo Koxkoreto.

Mr. Puttison se sintió atraído por las palabras de Koxkoreto y exclamó con vivo interés:

—¡Oh, yo veo claro entonces quién era esa mujer extraña!

—¿Y qué dijo la mujer en sus sueños, míster?, insistieron los presentes.

—Eso es muy extraño. Ella me acusaba de haber traído conmigo a su hermano y me exigía ir a dejarlo a la casa donde lo había sacado. ¿No es eso muy gracioso, eh?

—¡Uuuuy, míster!, gritaron todos. Esa mujer antigua se refiere a esta cabeza que usted ha sacado de la cueva. Y seguramente es él, quien tocó esa tabla que usted dice.

—¿Ustedes creen que eso sea cierto?, interrogó el gringo, sonriendo.

Pel Echem y Usep Pel, los dueños de la casa fueron los que le respondieron con seriedad:

—No lo dudamos, señor Puttison; sino que estamos seguros que así es. Por favor, le pedimos que no guarde esa calavera en nuestra casa.

—¡Oh, mis amigos, una calavera no es ningún problema!

—Para usted no será ningún problema, pero para nosotros sí, porque respetamos la memoria de nuestros antepasados y porque sabemos que ellos nos ven y nos protegen desde donde se encuentran si los respetamos y los recordamos en cada momento de nuestra existencia.

—Oh, yo respeto sus creencias, mis amigos, aceptó Mr. Puttison. —Pero antes, déjenme continuar con el relato de mi sueño: Esa mujer me miró suplicante y luego ella me relató cómo ellos huyeron de una matanza por hombres que manejaban el fuego con la mano. ¿Qué opinan de eso?

Mr. Puttison volvió a cambiar la posición del pie herido y encendió un cigarrillo.

—Sí, ellos son nuestros antepasados que se escondieron en las cavernas huyendo de las destrucciones; tal vez de la conquista, dijo Koxkoreto, quien por explicaciones de su difunto abuelo sabía de la existencia de la osamenta humana en las cuevas alrededor del poblado.

Estaban hablando todavía cuando apareció por la puerta el curandero Kux Ahawis, saludando a todos los presentes:

—*Hanik', hanik', yab'mi tatoh haknheti' kex sahk'ani*, saludó en su idioma nativo, el anciano. El saludo fue traducido a Mr. Puttison así: "Hola, qué tal, espero que todos hayan amanecido bien". Los presentes le respondieron en su mismo idioma Popb'al Ti':

—*Haknheti' xkonh sahk'ani han mamin,* o sea "Sí señor, todos hemos amanecido bien, gracias".

El viejo Kux Ahawis saludó también con un movimiento de cabeza a Mr. Puttison y se acercó al lecho a comprobar el efecto que habían producido sus plantas medicinales. El curandero no dijo nada y se agachó sobre la herida para hacer las curaciones del día. Los demás visitantes permanecieron en silencio observando con respeto la intervención del experto curandero.

Kux Ahawis desató la venda y quitó el emplasto de tabaco sobre la herida. Lavó la superficie del pie infectado con agua hervida de la planta medicinal llamada "lavaplato", y después de secar la herida, cerró sus húmedos ojillos y comenzó a balbucir otras palabras que nadie pudo entender. Después de esto, el curandero comenzó a soplar sobre la herida como si estuviera enfriando con soplos una escudilla de atol caliente.

Sopló nueve veces sobre la herida, al cabo de lo cual dio a conocer sus instrucciones:

—Díganle al señor que no vaya a mover mucho el pie, porque la sangre esta regresando a su sitio. La hinchazón rebajará y la herida se irá secando. Que tenga paciencia.

Xhuxh Antil le tradujo al gringo las recomendaciones del viejo, a lo que Mr. Puttison respondió:

—Mil gracias, mi querido amigo Kux Ahawis. Usted es un magnífico médico que sigue dando testimonio de los grandes conocimientos medicinales de los mayas.

El anciano Kux Ahawis sonrió humildemente sin entender nada de lo que el gringo le había dicho. El gringo exigió que sus amigos le tradujeran aquello que había dicho al anciano y así lo hicieron en su propia lengua, pero el curandero no mostró ningún interés en las alabanzas, limitándose a decir solamente:

—*Mat hayonhoj kanh jeyih wuxhtaj tatoh ay ninoj johtajb'al, toh yuch'an tiyoxh xhko q'an tet komam Jahaw cha'ni komam ninoj yitz'atil ko wi' yu yoknojkoj yinh naj sk'ulal, kat ko kolni jet anmail.*

—¿Que ha dicho el señor Ahawis?, preguntó Mr. Puttison. Como siempre, Xhuxh Antil se adelantó a responderle.

—Esto es lo que ha dicho don Kux Ahawis: No debemos jactarnos si poseemos algún conocimiento, porque la sabiduría nos la ha dado el Supremo Dueño de lo que existe para que la utilicemos para hacer el bien y servir a la gente.

—Maravilloso, señor Ahawis. Su humildad es muy ejemplar.

El viejo sonrió de nuevo, despidiéndose de los allí presentes. Poco tiempo después, Mr. Puttison preguntó a sus amigos cómo había adquirido el señor Kux Ahawis tantos conocimientos en la utilización de las plantas medicinales.

Pel Echem relató así lo que sabía acerca de la historia del magnífico curandero:

—El señor Kux Ahawis comenzó a curar casi desde niño. Al principio nadie sabía que Ahawis pudiera curar, pero un día una señora en la comunidad se enfermó gravemente y ella cuenta que cierta noche, soñó que unos ancianos del pueblo llegaron a decirle que su enfermedad podría curarse si buscara los servicios de Kux Ahawis. Al amanecer, la señora pidió que la llevaran a la casa de Ahawis, siguiendo las instrucciones que había recibido en sueños. Kux Ahawis, que entonces era muy joven, se extrañó al oír que lo buscaban para hacer curaciones. La señora le contó su sueño pero Ahawis se negó, alegando que era muy joven y no sabía hacer ninguna clase de curaciones. Pocos días después de haber rechazado a la señora, Kux Ahawis comenzó a enfermarse. Era como si se estuviera volviendo loco. Cuentan las mismas personas de la comunidad que Kux Ahawis se quedaba callado, como ido de la mente y luego comenzaba a hablar a solas. Cuando volvía en sí, le preguntaban que tenía, y él les respondía.

—¿Acaso no han visto a los ancianos que han estado hablando conmigo? Ellos me acaban de decir que tal planta es muy buena para curar tal o cual enfermedad.

—Los padres de Kux Ahawis le suplicaron que atendiera a las personas que comenzaban a visitar la casa, guiados por sus sueños. Fue entonces que Ahawis comenzó a atender al primer enfermo que llegó a pedir sus servicios. Era como si tuviera algún libro abierto donde podía leer el tipo de enfermedad que le aquejaba a la gente, y donde también podía leer el tipo de medicamento que debía darle a sus pacientes. Hechas las curaciones, los enfermos recuperaban rápidamente, y de esta forma la fama de Kux Ahawis se extendió por todas partes. Kux Ahawis es un verdadero curandero, pues ha seguido las antiguas tradiciones mayas de curar sin esperar alguna remuneración. Ésta era la costumbre antigua. El que sabía curar, debía dedicarse desinteresadamente al servicio de los demás, ya que esta gracia o bendición, según los antepasados, era uno de los modos de servir y engrandecer al pueblo; y no un medio para enriquecerse. Prueba de esto es que Kux Ahawis no cobra absolutamente nada por sus servicios, a excepción de que alguien quiera darle algo voluntariamente. Es pues, en este servicio comunal en que se hacen grandes en sus conocimientos y humildes de corazón, pues pueden ser llamados a atender a cualquier enfermo en cualquier lugar y a cualquier hora del día o de la noche. Nunca deben decir no en este oficio porque hacer el bien es el camino que se les ha marcado desde su nacimiento. Don Kux Ahawis sabe todo esto, porque tuvo la experiencia de casi enloquecerse cuando rechazó a su primer paciente.

Las palabras de Pel Echem, relatando algunas anécdotas de la vida del curandero Kux Ahawis despertaron mucho interés en el gringo.

—Verdaderamente las creencias y los modos de vida entre ustedes son muy valiosos. En mi país, es necesario que un enfermo tenga mucho dinero para poder visitar al médico, explicó el gringo.

Xhuxh Antil le respondió sonriendo:

—Porque ustedes son gringos y tienen mucho dinero.

Mr. Puttison se rascó la cabeza y cambió de tema:

—Con todo lo que ustedes han dicho, hasta esta calavera

comienza a preocuparme. El mundo o la vida de Yulwitz sigue siendo muy extraño y tan lleno de misterio que me hace pensar en los días pasados del gran imperio maya.

Usep Pel, quien en esos momentos traía una taza de té de limón para el enfermo, le interrumpió diciendo:

—Por eso le insistimos, don gringo, que cuando usted se componga vaya a devolver la calavera a esa cueva donde la ha sacado. No conviene que usted perturbe el sueño eterno de los muertos.

Así habló la católica y hasta supersticiosa Usep Pel, ordenándole que devolviera la polémica calavera a su lugar de origen.

—Ya he dicho que lo devolveré, no se preocupen, aseguró el gringo, mientras sorbía de la taza el té de limón caliente.

Las atenciones para el gringo se duplicaron y se dio cuenta del buen corazón de la gente de Yulwitz, aunque todos coincidieron en señalar que había cometido un error al desecrar el lugar sagrado de Swi' Kamom, "La Cabeza del Muerto".

Tanta fue la preocupación de Mr. Puttison por devolver el cráneo, que durante la noche volvió a soñar en la cueva. Soñó que de nuevo se encontraba en la cueva devolviendo el cráneo, pero trayendo en su lugar una vara dorada y tatuada con insignias o jeroglíficos misteriosos. Al salir de la cueva, el gringo se topó con varias mujeres que le cerraron el paso, diciéndole:

—*Ta cha witoj yip spixan jahaw ti'an, chach kamoj kab'e oxe.* El gringo supo que aquello era una maldición: "Si te llevas la insignia del poder de nuestro fundador, morirás en dos o tres días".

Las preocupaciones de Mr. Puttison aumentaron por este sueño, y por eso prometió regresar a la cueva a devolver el cráneo en cuanto sanara.

Durante todo el tiempo que Mr. Puttison estuvo en reposo absoluto, recibió comida y frutas de varios amigos; y hasta había aprendido a comer toda clase de plantas comestibles que abundan en el lugar. Y como sus provisiones se terminaron, tuvo que hacer arreglos con Usep Pel para que le vendiera tortillas, frijoles y chiles todos los días. Por su parte, el viejo Kux Ahawis continuó con sus curaciones, pues al cabo de dos semanas ya la herida del gringo estaba seca, y con esto, podía dar fe de la efectividad del viejo Kux Ahawis en el campo de la medicina tradicional.

EL ESPIRITU DE LOS ANTEPASADOS

La convalecencia de Mr. Puttison transcurrió sin más complicaciones y pocas semanas después pidió en una asamblea de vecinos, con previa súplica a Xhuxh Antil, que le dieran una cuerda de tierra comunal para sembrar su hortaliza. El vecindario tuvo que deliberar mucho, porque en asuntos de ceder tierras a extranjeros las prohibiciones establecidas por sus leyes comunales eran muy severas.

Xhuxh Antil convocó al vecindario a una reunión extraordinaria con el fin de tratar el asunto. Los del tambor habían salido a gritar en las cuatro esquinas de la comunidad para que todos, sin falta, se presentaran a deliberar y ofrecer sus opiniones en esta reunión o *lahti'*. Como de costumbre, la gente se reunió de inmediato frente al cabildo para escuchar los motivos de aquella reunión extraordinaria. El alcalde auxiliar, Xhuxh Antil, dio la bienvenida a los asistentes y luego les exhortó que Dudley quería comunicar algunas de sus necesidades al vecindario. Hecha la presentación, Xhuxh Antil pidió que el gringo pasara adelante a exponer sus necesidades. La gente guardó silencio cuando Mr. Puttison se acercó cojeando a presentar verbalmente su solicitud.

—Señores de Yulwitz, yo, Dudley Puttison, solicito un pedazo de tierra en los alrededores para sembrar mis cebollas, rábanos y remolachas.

—No, respondieron de inmediato los que no querían ver al gringo en el poblado. —Aquí no hay tierras para usted ni para nadie de afuera, volvieron a insistir, casi airados por la sorpresiva petición del extranjero. El gringo volvió a explicar sus motivos para solicitar un pedazo de tierra en la comunidad:

—Yo no necesito una gran extensión de tierra. Solamente necesito un pedazo pequeño para sembrar algunas verduras. Además, no me llevaré el terreno cuando me vaya de aquí.

El vecindario comenzó a deliberar en voz alta. Los más jóvenes parecían favorecer la presencia del gringo en la comunidad y se apresuraban a aceptar su solicitud verbal. En cambio, los ancianos se oponían tenazmente a tal petición. Para aclarar la situación, el gringo volvió a explicar:

—Ya entiendo su preocupación por la tierra, pero quiero aclararles que yo soy gringo y no les quitaré sus tierras, sólo quiero hacer una pequeña hortaliza para producir comida propia, pues me hacen falta las verduras para mi ensalada, concluyó Mr. Puttison.

Después de una larga discusión en la que la comunidad estuvo dividida, finalmente se llegó al acuerdo de favorecer a Mr. Puttison. De esta forma y por influencias de Xhuxh Antil, la autoridad de Yulwitz, Mr. Puttison recibió autorización para cercar una cuerda de terreno comunal a orillas de la comunidad. Se sintió feliz por tal aceptación y de inmediato se dedicó a cercar el predio. Después de una semana de ardua labor, el terreno quedó cercado con corral de madera, y la tierra preparada para la siembra. Era el mes de mayo y Mr. Puttison aprovechó la entrada de las lluvias para sembrar toda clase de semillas en su corral. Sembró chipilín, sembró frijol, sembró camotes, yucas, ayotes, chiles, tomates; pero semillas de lechugas, remolachas y rábanos no pudo encontrar en la comunidad, ni en los pueblos vecinos. Mr. Puttison se vio en la necesidad de hacer un viaje a Chinab'ul, o sea la ciudad de Huehuetenango, o quizá a Xeq'a', la capital donde compró más semillas y aprovechó de paso enviar mensajes al mundo exterior. Era el primer viaje que Mr. Puttison realizaba desde su llegada a la comunidad, por lo que sus amigos más allegados se sintieron tristes por su ausencia.

Dudley había prometido a sus amigos que regresaría en dos semanas, pero por alguna razón su viaje se alargó y retornó después de tres semanas. Durante su ausencia, la hortaliza que había cuidado con tanto esmero se cubrió de malezas, y las verduras comenzaron a crecer raquíticamente. Algunas de las plantas habrían resistido el descuido, pero desafortunadamente una cerda con media docena de crías abrió una brecha en la cerca de madera y por allí penetraron los cerdos a destrozar la pequeña huerta que había sembrado con mucho esmero .

Cuando Mr. Puttison volvió a la comunidad, sus amigos se alegraron, pero también le dieron la desagradable noticia de su huerta destruida por los cerdos que vagaban y dormían libremente en las calles de Yulwitz.

Al escuchar la mala nueva, muy irritado, Mr. Puttison pidió a Xhuxh Antil que convocará a un *lahti'* a todo el vecindario, para darles a conocer algunas cosas muy importantes, según él. Esa misma tarde los ayudantes de Xhuxh Antil salieron con el tambor para dar el aviso a toda la comunidad. En cada esquina se detuvieron y gritaron a todo pulmón que la gente llegara sin falta alguna a la reunión comunal. Como a las seis de la tarde los hombres comenzaron a llegar dispuestos a tomar parte en el *lahti'*.

Cuando todos estuvieron reunidos frente al cabildo, Xhuxh Antil agradeció la presencia de todos y luego anunció que Mr. Puttison deseaba dirigirse al vecindario. Así fue que se puso de pie, iluminado por los candiles y ocotes encendidos. Con voz autoritaria comenzó a hablarle al vecindario:

—Mis queridos amigos yulwitzeños, yo soy un extranjero amigo de todos y no quiero contrariar las costumbres que aquí se practican entre ustedes los indios; pero yo debo decirles que es muy necesario que ustedes comiencen a hacer la limpieza en su comunidad para evitar las enfermedades. Aquí en Yulwitz hay muchos niños panzudos y barrigones llenos de lombrices. Muchos de ustedes son palúdicos, son anémicos. Hombres y mujeres enfermizos y llenos de pereza, y una de las principales causas de estos malestares son los marranos o puercos que andan sueltos en las calles de la comunidad. Los cerdos ponen sus porquerías o sus mierdas en todas partes y ustedes que andan descalzos los patean o los tocan con la mano y esto trae muchos microbios, muchos parásitos y muchas enfermedades. Desde hoy, todos deben hacer sus chiqueros y encerrar sus coches para que no ensucien las calles. Otra cosa, esos marranos destrozaron mi hortaliza y eso no me gusta. Encierren sus marranos, señores yulwitzeños, y dejen de vivir muy sucios como los cerdos.

Al finalizar, Mr. Puttison inhaló profundamente el humo de su cigarrillo, mientras le asestaba un puñetazo al pilar de la auxiliatura para calmar sus nervios.

A desconocimiento del gringo, sus últimas palabras fueron interpretadas como insulto para los habitantes de Yulwitz, pues de inmediato se escuchó el primer grito de protesta entre la multitud.

—Gringo cabrón, no nos insulte más. Si somos coches y vivimos llenos de enfermedades, eso a usted no le importa. Vaya a mandar en su tierra y no venga a insultarnos aquí en nuestra propia comunidad.

Mr. Puttison se dio cuenta que había cometido un error al haberse dirigido al vecindario con esa arrogancia y prepotencia. Visiblemente preocupado, el gringo trató de defenderse para evitar la discordia que había desatado sin querer.

—Oh, amigos. Perdón si yo me he equivocado al hablarles así. Yo no he querido insultar a nadie. Yo soy amigo de todos.

El murmullo de los presentes creció como un torrente y hubo en su idioma, excesos comentarios en contra del gringo; máxime de los dueños de los cerdos. Si todos hablaran el castellano, de seguro le hubieran gritado furiosos, pero como no, se limitaron a compartir entre sí sus disgustos. Solo los pocos que podían hablar y entender el español le hicieron frente al gringo.

Al ver el alboroto, Xhuxh Antil se sintió también turbado. La gente le comenzó a exigir que pusiera en su lugar al gringo mal agradecido y que dejara de favorecerlo. Por su parte, Xhuxh Antil sintió cierta compasión por su amigo y quiso justificar su actitud ante la comunidad.

—Hermanos, el señor que ha llegado a vivir entre nosotros, quería darnos un buen consejo, pero desafortunadamente sus gritos fueron muy exagerados y logro enfurecernos en vez de convencernos. Por otra parte, él también tiene razón, pues es cierto que los coches andan sueltos en las calles en vez de estar encerrados en sus chiqueros para no hacer perjuicios en las casas, en las calles y en las huertas de los alrededores.

—¡Pues no!, respondieron los más enfurecidos. —Este señor cercó ese pequeño sitio y después ya no querrá soltarlo. Además, a causa de ese corral mal cercado es que ahora nos esta tratando como cerdos o indios sucios. En eso no estamos de acuerdo. Entre la multitud también hubo gente que estaba de acuerdo de que los dueños encerraran a sus cerdos en los chiqueros.

—Que los que tengan cerdos los encierren, pues es cierto lo que dice el gringo. No se puede sentar uno sobre el suelo porque hay suciedad en todas partes. Ya es tiempo de que mantengamos las calles limpias y no necesitamos que alguien de afuera venga a decirnos lo que hay que hacer.

Xhuxh Antil se dirigió a Dudley, tratando de explicarle claramente los comentarios del vecindario. Muchos en contra, pero otros a favor.

—La gente está enojada, míster; y cuando se ponen así no se les puede calmar fácilmente y es mejor dejar las cosas como están. Volveremos a hablarles cuando se calmen los ánimos.

El gringo se sentó sin hablar y siguió fumando con mucha preocupación. Mientras tanto, Xhuxh Antil volvió a dirigirse al vecindario.

—Bien hermanos, todos estamos hoy muy irritados y no podremos lograr alguna conclusión. Les suplico calmarse y en otra reunión volveremos a tratar el asunto con mas calma. Aquí termina la sesión.

—Está bien, pero queremos que el gringo se vaya de aquí, insistieron los que estaban disgustados por la presencia del gringo en la comunidad.

Mr. Puttison abandonó el patio y se retiró muy intranquilo a su posada. Xhuxh Antil lo acompañó tratando de tranquilizarlo. Un poco mas tarde, también Koxkoreto se asomó a consolar al gringo en su posada.

—Calma, don Dudley. Usted debe entender que muchas de las costumbres buenas o malas no se pueden cambiar de la noche a la mañana. La gente ha vivido así por siglos, con sus animalitos sueltos por las calles y no creen que esto sea muy urgente cambiar, tan de repente, como usted lo desea. Estas comunidades han estado abandonadas por los mismos gobiernos y no se ha recibido nunca alguna ayuda para mejorar la salud y la educación de la gente en estos lugares.

El gringo permaneció callado, visiblemente avergonzado por su actitud ante el vecindario. De modo que Xhuxh Antil aprovechó su silencio para aclarar:

—Como usted se da cuenta, míster, aquí yo soy la autoridad, pero el pueblo es el que manda. Ahorita algunos están furiosos, pero no todos. Le aseguro que mañana todo pasará y usted puede volver a reparar su corral, utilizando piedras para reforzarlo.

El gringo escuchó atentamente a sus amigos y de nuevo reconoció su error exclamando:

—¡Oh, yo soy un estúpido! Yo he provocado la ira en el poblado. No pensé que mis palabras fueran a insultar a la comunidad. *¡Oh, shit!* Siguió echando maldiciones en su propio idioma.

Los trastornos emocionales de Mr. Puttison se pusieron de manifiesto cuando un ataque de tos lo hizo salir al patio para respirar el aire fresco que subía de la barranca del gran río Saj Ha'. Pasado el espasmo, se tendió en su camastro e instintivamente encendió otro cigarrillo para seguir fumando.

Sus amigos lo observaban sin hacer comentarios. Todos podían notar que estaba fastidiado y quería quedarse a solas en su cuarto. Así fue que los dos amigos se despidieron y lo dejaron descansar tranquilamente aquella noche.

Mr. Puttison se acostó temprano, ya que no había otro lugar apropiado para ir a disipar sus penas. Se desvistió y luego se tendió pensativo en su cama tratando de conciliar el sueño. Después de lidiar contra la almohada, Mr. Puttison se quedó profundamente dormido.

A altas horas de la noche una nueva pesadilla hizo presa de él.

Eran tal vez las doce de la noche cuando un grito desgarrador se escuchó en su cuarto. Muy preocupados, los dueños de la casa acudieron presurosos en auxilio del gringo quien había soltado aquel grito destemplado.

—¿Qué pasa, míster?, preguntó Pel Echem.

—¡Horrible, horrible! ¡Es terrible!, respondió el gringo.

—Pero, ¿qué mero le pasa, don gringo? Hable, exigió Usep Pel.

—Oh, yo tuve una horrible pesadilla.

—Cálmese, míster, usted está muy agitado; cálmese y cuéntenos lo que pasó, dijo Pel Echem, tratando de tranquilizar al gringo.

—Sí, sí... ¿pero qué es ese olor tan desagradable que lastima mi olfato?

—Parece que viene debajo de su cama, míster; vamos a ver. Pel Echem enfocó debajo de la cama del gringo y descubrió el tecomate roto. La ligosa chicha fermentada estaba desparramada por el suelo.

—Sí, míster, es un fuerte olor a chicha olvidada que sale de ese tecomate roto.

—¡Jo, jo, jo!, comenzó a carcajearse el gringo, escandalosamente.

—¿Pero, qué le pasa don gringo?, preguntó asustada Usep Pel.

—Oh sí, yo voy a contarles mi pesadilla, que tiene mucha relación con ese tecomate roto, dijo sonriendo Mr. Puttison. Encendió un cigarrillo y comenzó a hablar con mucha animación.

—En sueños me vi de pronto en un lugar solitario, cargando objetos valiosos. Estaba tratando de apresurarme para cruzar un bosque obscuro, cuando de repente cuatro hombres armados con filosos machetes salieron detrás de unas rocas para detenerme. Me dio mucho miedo verlos con sus grandes machetes afilados y como la tarde estaba por oscurecerse, traté de esquivarlos yéndome por otra vereda en el bosque. Los cuatro bandidos me persiguieron largo rato hasta que me dieron alcance. Cuando me vi perdido, puse mi preciosa carga a orillas del camino y me preparé a enfrentarlos sin más arma que un garrote que levanté del suelo. Dos de ellos se me echaron encima como gatos furiosos y yo, viendo el peligro comencé a esgrimir el garrote por todos lados, logrando desarmar a uno de los atacantes. Otro de ellos se me echó encima y como yo tenía uno de los filosos machetes en mis manos, no dude en cortarle la cabeza a mi agresor. Lo mismo hice con el otro que yo había desarmado antes. La lucha fue muy sangrienta y los otros dos asaltantes huyeron al ver que sus dos compañeros habían caído muertos, mientras yo me quedé atontado sin saber que hacer. Mis manos estaban manchadas de sangre y el filoso machete aún temblaba en mis manos. Y como los dos muertos estaban a medio camino, dispuse ir a esconderlos o tirarlos a algún barranco cercano. Con precipitación tomé de las manos al primero y lo arrastré entre los matorrales. Luego volví por el segundo, el cual me extrañó que pesara mucho y no podía yo arrastrarlo como el primero. No tuve más que levantarlo del suelo y cargarlo. El muerto quedó bien prendido a mis espaldas y así corrí a tirarlo donde estaba el otro; pero ¡que desgracia!, yo me retorcía hacia atrás, impulsando al muerto para que cayera al suelo; pero no lograba deshacerme de él. Sus frías manos cruzadas a mi cuello se entiesaron y quedo prendido en mi espalda sin caer. Desesperado corría yo de un lado a otro saltando bajo mi carga para aventarlo lejos, pero el muerto seguía prendido a mi espalda. Cansado y sudoroso, me detuve para desatar sus feas manos que me apretaban la garganta, pero por más que lo intenté no se soltó de mi espalda. Toda la noche carrerié tratando de aventarlo lejos, pero el desgraciado muerto seguía prendido a mi espalda como una enorme garrapata asquerosa.

—¡Huuuyy.., don Puttison, que miedo!, exclamó Usep Pel quien avivaba el fuego con rajas de ocote rojo y trementinoso. Mr. Puttison tomó aliento y respondió:

—Sí, Usep, yo también sentí mucho miedo.

—Matar a la gente es pecado y ésa es una buena lección, siguió interrumpiendo Usep.

—Ni yo tampoco entiendo por que lo hice. Sueño es sueño, respondió con indiferencia el gringo.

—Usep, dejá que don Puttison siga contando su sueño, insistió Pel Echem, quien gozaba al escuchar aquel sueño o relato del gringo.

—Oh sí, dijo Mr. Puttison. —Como estaba amaneciendo, yo traté de esconderme para que no me viera la gente que comenzaba a transitar por aquel camino; pero por suerte o por desgracia un hombre fuerte del pueblo me sorprendió con mi carga humana aun prendida a mi espalda. El hombre que iba a su trabajo ese amanecer me dijo muy enojado.

—Ajá, usted gringo cabrón es un cholero. Usted es un matón, un asesino, un chupador de sangre. "¡Ladrón, asesino!", me gritó a los oídos, mientras me veía con desprecio a la cara. Me quedé parado bajo mi carga muy fatigado y entonces traté de explicarle:

—No he matado por gusto, lo hice en defensa propia. Ellos son los ladrones que me atacaron con sus machetes.

—¡Mentiroso!, la prueba está en su espalda, míster, volvió a señalarme el hombre.

—Yo digo la verdad, y si no me crees; está bien; pero al menos ayúdame a quitar esta pesada carga sobre mi espalda.

—¡Ja, ja, ja!, se rió el hombre. —¿Ha de pesar mucho su carga, verdad?, me preguntó con una risa burlona. —Usted es un tonto. Si ha matado, por qué se ha cargado al muerto de esta forma? Debió cargar a su muerto no embrocado sobre su espalda, pero con la cara hacia el cielo o espalda contra espalda. Así, usted hubiera podido aventarlo fácilmente para que cayera embrocado al suelo. Gringo tonto, me gritó.

—Ayúdame a desprenderlo de mi espalda, por favor, volví

a suplicar; y el hombre entonces cortó una vara muy fuerte del árbol de guayaba y se me acercó enojadísimo

—¡Perezoso, ladrón! Toma para que no lo vuelvas a hacer. Nadie tiene derecho a quitarle la vida a otro ser humano. ¡Toma! Me propinó trece barillazos en las nalgas y en los pies y luego siguió hablándole al muerto en éstos términos.

—Y tú que estás muerto, perdona al que te ha quitado la vida. Tu esposa y tus hijos te estarán esperando en casa, pero ahora ya nunca volverás con ellos. Si fue culpa tuya o no fue culpa tuya: perdona a éste hombre y suéltalo.

—Diciendo esto, el hombre azotó también trece veces al muerto y al treceavo barillazo, sus tiesas manos se aflojaron de mi cuello y sus piernas cruzadas a mi cintura también se desataron y el muerto cayó estrepitosamente al suelo.

—Qué interesante; ese extraño hombre que lo ayudó a usted ha de ser uno de los protectores del pueblo. Solamente ellos saben hacer esas cosas que usted dice. Ellos son sabios y pueden ver lo que sucede aunque sea a gran distancia. Ellos nos protegen, dijo Usep, muy intrigada.

—Posiblemente Usep, dijo el gringo. —Me acuerdo que era un hombre alto, fuerte y muy valiente.

—¿Y que hizo usted después, míster?, preguntó Pel Echem; y el gringo siguió con su relato.

—Cuando el muerto cayó al suelo, el hombre me dijo que lo cargara así como me lo había indicado, e ir a ocultarlo en alguna gruta.

—Esconda al muerto o entiérrelo para que los hijos de este pueblo no aprendan a matar con su ejemplo. No queremos que usted venga de lejos a promover la muerte entre nosotros, me regañó. Con la ayuda de aquel hombre levanté al muerto y a toda prisa corrí a esconderlo en una cueva cercana. Estaba llegando a la cueva a tirar al muerto cuando de pronto me encontré con la policía.

—Pero si aquí no hay policías, míster, intervino Pel Echem.

—Ésta es la parte extraña de mi sueño, dijo el gringo. —Soñé que era otro lugar donde yo me encontraba cargando al muerto en mi espalda. Entonces la policía me paró. Puse mi carga en el suelo y ellos me amarraron las manos hacia atrás. Luego, me llevaron a un claro del bosque donde se reunieron para discutir mi sentencia.

—"¡Te vamos a fusilar!", me dijeron y me amarraron a un poste junto a otros reos que no sé de dónde salieron.

—Qué sueño más feo, míster, dijo Pel Echem.

—Sí, Pel Echem, pero lo más feo y horrible es lo que sigue. Me amarraron a ese poste y un pelotón de fusilamiento se enfiló ante nosotros los reos. Traté de hablar, pero no me lo permitieron; también los que estaban amarrados junto a mí permanecían callados. Entonces el jefe de los policías ordenó que se prepararan.

—¡Listos!, gritó, y sus soldados o policías se movilizaron con rapidez obedeciendo sus órdenes.

—¡Apunten!, grito con mas fuerza el hombre. Los soldados o policías apuntaron hacia nuestros corazones. En ese momento mis rodillas comenzaron a temblar. Los cañones de los fusiles se veían negros apuntando fríamente hacia nuestros pechos. Fue entonces que mi corazón comenzó a palpitar aceleradamente. Ante mi perplejidad, el jefe del pelotón de fusilamiento dio el último mando gritando: "¡Fueegoo...!"

—¡Booouummm! tronaron los fusiles y yo pegué el grito de desesperación. ¡Oh, qué susto me he llevado!

—¿Ahora entiendo por que gritó usted horriblemente, míster?, dijo Pel Echem, riéndose.

—Claro, Pel, el estallido de ese maldito tecomate de

chicha que yo había olvidado debajo de la cama coincidió exactamente con el tronar de los fusiles en mi sueño. Oh qué sueño más horrible y ridículo, pues me hizo sudar como un burro enfermo, dijo el gringo.

El hedor de la chicha fermentada que se había desparramado debajo de la cama del gringo era insoportable. Usep Pel tuvo que ir a la cocina a traer ceniza, la cual echó encima de aquel charco ligoso y de hedor embriagante. Después de contar su largo sueño, Mr. Puttison volvió a tranquilizarse, mientras Pel Echem y Usep Pel iban a su casa sonrientes a esperar el amanecer.

Cuando amaneció, Usep Pel bajo a la fuente a lavar el nixtamal, y no conteniendo su risa, le contó a su comadre Petlon, el horrible sueño del gringo. Petlon le pasó la noticia a otra comadre suya y así, la noticia se divulgó. Al atardecer de ese mismo día, ya casi toda la comunidad sabía que el gringo padecía de horribles pesadillas y hasta algunos creyeron que se estaba volviendo loco. Eso sí, nadie estaba seguro del por qué seguía viviendo en Yulwitz.

LA LLORONA DEL OJO DE AGUA

A pesar de sus problemas, Mr. Puttison seguía buscando la confianza de la gente; y cierta tarde dispuso visitar a sus viejos amigos, don Lopin y don Lamun, quienes vivían al otro lado de la cañada. Cuando llegó a la casa de Lopin, el viejo se hallaba trenzando las pitas de una hamaca, ayudado por su esposa Xhepel.

—¡Buenas tardes, don Lupin!, saludó el gringo. El viejo se sorprendió por la visita y se levantó de su asiento para ofrecerle una banquita, o trozo de madera para que se sentara Mr. Puttison.

—*Pisyanh mamin, ay te' utz'ub'al, lah,* dijo en lengua Popb'al Ti' , lo cual traducido quería decir: "Siéntese señor, aquí esta su asiento"

Mr. Puttison se sentó siguiendo las amables indicaciones del viejo. Al ver la visita del gringo en casa de Lopin, don Lamun, el otro viejo de la vecindad se acercó también a saludar al extranjero, trayendo a uno de sus nietecitos en brazos.

—Oh, cómo me acuerdo de ustedes, comenzó el gringo a hablar. —Ustedes son muy amables y me interesa mucho oír sus historias. ¿Podríamos contar más cuentos como aquel día frente al cabildo de Xhuxh Antil? ¿Les parece, mis queridos amigos?, solicitó el gringo.

Los viejos respondieron con un sí, sacudiendo la cabeza en señal afirmativa. En Yulwitz mucha gente entiende el español pero no puede hablarlo. Esto es muy notorio con los adultos, quienes responden en su propio idioma lo que se les pregunta en español. Éste es, pues, el caso de Lopin y de Lamun.

—Oh, ¡muy bien, muy bien!, respondió complacido el gringo. —En pocos minutos vendrá Xhuxh Antil y Koxkoreto, a quienes ya he mandado a llamar.

Los viejos se sonrieron y se sentaron casi al nivel del suelo, sobre sus pequeños bancos de caoba. Lopin pidió a su esposa que sacara un manojo de cigarros de la casa. Xhepel obedeció y sacó los cigarros olorosos a anís que liaba con una técnica extraordinaria. Ella y otra más, eran las únicas mujeres que fabricaban este tipo de cigarrillos de tuza, e incluso los llevan a vender a los mercados de los otros pueblos vecinos durante sus fiestas patronales.

Mientras fumaban en el patio de la casa de Lopin, Xhuxh Antil llegó silbando seguido de cerca por Koxkoreto. Los dos recién llegados saludaron y se sentaron sobre los tercios de leña sin desatar en el patio.

Mr. Puttison se sintió incómodo sobre el pequeño banquito y prefirió recostarse en el cerco de palopique de la casa de Lopin.

—Muy bien, amigos, otra vez estamos reunidos como aquel día después del *lahti'* frente al cabildo de Xhuxh Antil. Ahora yo quisiera que los buenos amigos, Lupin y Lamun me cuenten las historias que no concluimos esa noche. *¿Okey?*

—*Okey*, míster, respondió Xhuxh Antil, quien había aprendido mucho de las expresiones de Mr. Puttison.

—Creo que estábamos hablando de lloronas, recordó Koxkoreto.

—¡Oh sí!, respondió el gringo con vivo interés.

Mientras hablaban, la esposa de Lopin salió con un guacal de agua, y luego le dijo algo a Xhuxh Antil, quien a su vez tradujo al gringo diciendo: —Doña Xhepel dice que lave usted sus manos y coma unas tortillas con ellos.

—¿Oh, no habían comido la cena? Ojalá no es molestia mi presencia en este momento, se excusó el gringo.

—Pasá adelante, don gringo, vas a comer, salió a decir Tulisa, la última de las cinco hijas de Lopin, reforzando la invitación. Mr. Puttison accedió y entró a la casa de sus amigos, agachándose demasiado para no golpear la frente contra el umbral de la puertecita.

Sobre la mesa estaban varias escudillas con frijol negro y chipilín, muchos chiltepes verdes y un reluciente pumpo de tortillas de maíz blanco, recién salidas del comal. Xhepel invitó a los demás visitantes, pero todos dijeron haber cenado antes de salir a pasear.

Mr. Puttison comenzó a servirse poniendo tres chiltepes en su comida. Al rato comenzó a soplarse aire a sus labios y a quejarse por lo picante de los chiles. En cambio Lopin seguía comiendo tranquilamente a pesar de los ocho o nueve chiles que se había servido.

—Este chile pica demasiado, dijo el gringo, abriendo la boca como un lagarto. Don Lopin se sonrió, pero no dijo nada.

—Oye Koxkoreto, llamó el gringo a su amigo.

—¿Qué manda, míster?, preguntó Koxkoreto.

—¿Cómo se siembra esta clase de pimientos?

—¿Cuáles?, preguntó Koxkoreto, confuso.

—Éstos que están sobre la mesa y los cuales don Lopin come como un pájaro hambriento.

—Ah, son los chiles, míster. Estos chiltepes no se siembran, pues se encuentran en abundancia entre el monte; son plantas silvestres.

—Oh, maravilloso, exclamó el gringo.

—Sí, míster, siguió diciendo Koxkoreto. —Los chiltepes tienen propiedades curativas para el estómago. Curan los "aires malos" y otros dolores del estómago.

—Muy curioso y muy maravilloso, exclamó el gringo, asombrado.

Eran las siete de la noche cuando terminaron de comer. Salieron con sus respectivos banquitos al patio de la casa y allí se sentaron a descansar y a platicar.

Otros vecinos de Lopin se acercaron al grupo y así, los más viejos comenzaron a relatar acontecimientos pasados que ellos atestiguaban ser hechos reales.

Don Lamun, uno de los más viejos conservadores de la tradición oral comenzó a hablar diciendo:

—Como don Puttison quiere saber las historias de la llorona, les voy a contar lo que le sucedió a mi difunto abuelo.

Mr. Puttison comenzó a entender los relatos desde el principio, porque Xhuxh Antil y Koxkoreto se turnaban en traducírselos.

—Mi abuelo se llamaba también Lamun, como yo; y le gustaba mucho emborracharse. Una noche como a las dos de la mañana, mi abuelo regresaba a casa a dormir cuando al pasar por el ojo de agua, dos mujeres le salieron al encuentro. Las mujeres comenzaron a perseguirlo hasta que lo agarraron diciendo: "Ahora sí, Lamun, al fin te tenemos" Mi abuelo dice que sus caras eran espantosas. Sus ojos se veían pálidos, sin vida; y debajo de sus pelos alborotados brotaban chispas de fuego que causaban mucho miedo. Al verse atrapado, mi abuelo comenzó a forcejar con ellas, sin poder soltarse. Entonces las mujeres comenzaron a burlarse de él, diciendo: *Nab'nhe cha wiloj ha b'a jetan, hach jettik'a han.* "Es inútil que luches por zafarte de nuestras manos, ya eres nuestro". Mi abuelo se acordó que traía un octavo de cusha en su bolsillo y quiso sacarlo para rociar a las lloronas con el guaro, pero una de ellas se dio cuenta y le arrebató la botella de un manotazo. Con esto, mi abuelo había quedado completamente desarmado y a la merced de aquellas mujeres de mala vida.

Así, las mujeres se pusieron a carcajear y se llevaron al abuelo al ojo de agua. Le quitaron la ropa y lo bañaron con el agua fría de la fuente. Las mujeres se reían inconteniblemente mientras le regaban agua a la cabeza diciendo: *Kaw saq'al ho' lah*, lo cual significaba; 'qué guapo está este hombre'. Las dos lloronas lo bañaron completamente y al cabo de un buen rato las dos le dijeron, muy contentas: "Ahora sí, Lamun, ya sos nuestro. Pasado mañana te vendremos a llevar para que vivas siempre con nosotras".

—Mi abuelo se quedó inconsciente después de que lo bañaron y fue hasta el amanecer que las gentes madrugadoras que iban a traer agua a la fuente se dieron cuenta de aquel hombre desnudo tirado en el suelo. Reconocieron quién era el desafortunado y fueron a dar el aviso a sus familiares para que lo levantaran con alguna ceremonia, pues solamente así podrían recuperar su espíritu perdido. La abuela se encargó de esta parte. Cortó unos ramos de cafeto y comenzó a azotar el lugar donde Lamun estaba tirado: *Paxanti tatah; machach kankanoj b'eti'*. Luego, roció agua sobre el pecho de Lamun diciendo lo mismo en voz alta. "Regresa, regresa, no te quedes aquí".

Después de esto, el abuelo fue conducido a su casa desmayado, donde horribles escalofríos comenzaron a sacudirlo.

—¿Qué pasó con él, después?, preguntó el gringo. Lamun encendió otro cigarrillo de tuza que Lopin le pasó y siguió relatando la tragedia del abuelo, aportando todos los detalles posibles como si aquello hubiese sucedido apenas ayer.

—Mi abuela se preocupó mucho, porque las lloronas habían logrado bañar al abuelo. Según se cuenta, el hombre que ha sido bañado por las lloronas comienza a hincharse hasta morir lentamente. Sabiendo esto, la abuela se preocupó por salvarle la vida al abuelo, pues las lloronas le habían anunciado que vendrían a llevarlo al tercer día.

—¿Y qué hizo la abuela para que el abuelo Lamun no muriera?, preguntó el gringo, haciendo que Lamun se concentrara en esa parte tan importante del relato. El viejo respondió:

—Pues mi abuela fue a quemar candelas en el cementerio y allí fue donde ella y otras mujeres del poblado elevaron sus regaños hasta el lugar llamado Kamb'al, o el lugar de la muerte donde las lloronas están penando eternamente.

—¡Oh, maravilloso, maravilloso! ¿Podría usted amigo Lamun, decirnos cuáles fueron las palabras de la abuela en sus regaños?, dijo el gringo en tono de súplica.

Lamun llamó a su hermana Xhepel, la esposa de Lopin, para que le ayudara a recordar la historia, pues ella también supo de esto por conducto de su difunta abuela. Xhepel hizo esfuerzos por recordar las palabras de reclamo que la abuela dirigió a las lloronas durante aquella ceremonia de rescate del espíritu perdido del abuelo Lamun.

> *Chonh hul jala'kan te yetan*
> *b'et skanh txukutal hune' tx'otx'otx' ti',*
> *tatoh hex pohomtoj mohyom hexti';*
> *mach che yitoj wichamil ti' te yinhan*
> *haxkam hex ay he mul te yinh*
> *yuxin q'ahantoh he yek' tuktun*
> *xol xhchewal skaq'ehal q'inal*
> *sayo' winaj, manh tx'ixwil.*
> *Haxa tinanh ch'a he yaw yinh heb' naj*
> *yuxin chex eltij aq'b'alil saywal,*
> *k'amxin hex yahom winajex;*
> *yuxin mach xe yi' he yichamil*
> *yet ayextok'oj sat yib'anh q'inal.*

—¡Oh, maravilloso!, el idioma maya suena muy poético; pero yo no entiendo absolutamente nada. Por favor Xhuxh Antil, ¿podrías traducirme algo de lo que dijo la señora Xhepel?

—Es muy difícil, míster, pero lo voy a tratar. Xhuxh Antil comenzó a traducir palabra por palabra lo que Xhepel había dicho.

Venimos a decirles a ustedes
aquí en las cuatro esquinas
de este camposanto
que ustedes, lloronas
no pueden llevarse a mi marido,
pues ustedes son culpables de su desgracia
y por eso siguen vagando
entre el frío y el aire del tiempo
buscando hombres, ¡sinvergüenzas!
Ahora que están muertas, dicen
que necesitan a los hombres
por eso salen de noche a buscarlos,
pero realmente, ustedes mismas
despreciaron y maltrataron a los hombres;
por eso no consiguieron marido
cuando estuvieron vivas sobre la tierra.

Como era de esperarse, Mr. Puttison exclamó: "¡maravilloso, maravilloso!", mientras grababa aquel relato muy satisfecho. Luego Mr. Puttison volvió a preguntar:

—¿Se salvó al fin el abuelo Lamun o murió por los escalofríos?

—Sí, se salvó, dijo don Lamun. —Las lloronas no regresaron a llevarse al abuelo como lo habían anunciado.

—¿O sea que hay formas para evitar que las lloronas bañen a los hombres en las fuentes?, preguntó Mr. Puttison.

—Sí, míster, dijo Xhuxh Antil. —Cuando un hombre borracho es perseguido por las lloronas, la mejor defensa es regarles aguardiente. Con esto, ellas ya no pueden continuar persiguiendo al hombre y se quedan paralizadas en el mismo lugar, llorando. La otra forma de escapar de las lloronas es dejar una cruz a medio camino. La cruz también les paraliza y ellas se quedan llorando, impotentes a medio camino, sin poder pasar sobre la cruz.

—Y si el desafortunado que ellas persiguen no está borracho, intervino Koxkoreto, —debe quitarse el cincho y azotarlas con todas sus fuerzas. Si el hombre pierde su valor y se aguada, entonces quedará a merced de las lloronas.

Mr. Puttison repartió cigarrillos a los presentes y todos se sintieron relajados contando o escuchando relatos de miedo aquella noche. Mr. Puttison sacó su reloj de bolsillo y le anunció a sus amigos que eran las nueve y media de la noche.

Koxkoreto aprovechó el breve descanso para tomar parte en la conversación.

—Les voy a contar lo que le sucedió a mi papá hace algunos años. Fue una noche de Viernes Santo cuando mi mamá se enfermó. Y como en el poblado no había donde comprar medicinas, él tuvo que ir a otra comunidad urgentemente. Eran tal vez las tres de la mañana cuando él regresó al poblado. Al pasar junto al arroyo en la cañada a orillas de la comunidad le salieron dos mujeres que escondían la cara con sus rebozos. Mi papá comenzó a sentir miedo cuando las mujeres se le acercaron. Una de ellas le decía a la otra:

Ha wanhe ixh, ay ho' lah
koh tzab'ahayoj ho',

payxa tinanh
x'ichi jechmantij ho',
(Apúrate mujer, ahí viene él,
agarrémoslo;
hace ya mucho tiempo
que lo venimos esperando.)

Al escuchar esto, mi papá dio la media vuelta y quiso huir de ellas; pero las mujeres también corrieron detrás de él. Mi papá ya no pudo correr más y entonces se quitó el cincho y comenzó a pegar a las mujeres. Las lloronas comenzaron a gritar y a llorar horriblemente mientras las pegaba. Pero por desgracia el cincho se reventó y entonces mi papá volvió a correr tratando de llegar a alguna casa para defenderse. Las mujeres lo siguieron aun con más ganas, gritando:

—¡Agarrémoslo, agarrémoslo, ya es nuestro!

Mi papá logró llegar a su propia casa y cerró la puerta con trancas. Detrás de él llegaron también corriendo las dos mujeres. Al ver que la puerta estaba cerrada, las lloronas comenzaron a dar vueltas alrededor de la casa exigiendo que mi papá saliera:

Elantij yul hune' nha tu'
mat hach ixtitoj,
elantij, elantij
echmab'ilach juhan.

(Salí de esa casa
y no seas amujerado.
salí, salí
que te estamos esperando.)

—"¿Qué te pasa? ¿Quiénes son ésas mujeres que te están

llamando?", preguntó mi mamá. Mientras tanto mi papá casi no podía hablar y se había acostado a media casa temblando por el miedo, pues las mujeres trataban de meter las manos a través del cerco de la casa para sacarlo. Mi mamá, aunque estaba enferma, se levantó enojada a regañar a las lloronas diciéndoles:

Aswej, huchahomtoj moyilal,
paxanhwejtoj, etahom winaj,
macheyok yinh ho' ti',
wichamil ho'an, mat he yetoj ho'.
¿Tom mach chex tx'ixwi,
yuxin chex ek' koloh aq'b'alil?

(Váyanse, malcasadas,
váyanse, despreciadoras;
éste es mi marido
y no me lo pueden quitar
¿Acaso no tienen vergüenza,
por eso andan de noche?)

Mi mamá siguió regañando y maldiciendo a aquellas mujeres, quienes se pusieron a llorar escondiendo su cara en sus rebozos. Poco después se alejaron llorando amargamente por el estrecho caminito de la cañada.

—¡Qué bonita historia, ¡maravilloso!, exclamó el gringo, quien escuchaba atentamente a los cuentistas.

Xhuxh Antil, que se había ausentado mientras Koxkoreto contaba la historia de su padre, regresó con un litro de cusha en su morral. Él sabía de las debilidades de los viejos Lamun y Lopin, y por eso trajo la cusha para hacerles pasar un rato muy agradable, contando cuentos tan llenos de aquel mítico sabor ancestral.

—Esta reunión merece un trago, dijo Xhuxh Antil, destapando la botella y entregándola al viejo Lopin.

Lopin sonrió maliciosamente y se empinó la botella de licor. A pesar de que mantuvo la botella pegada a los labios por mucho tiempo, apenas pudo tragar un poquito de su contenido. El viejo se limpió los bigotes con el dorso de la mano y escupió al suelo diciendo *Kaw how te'*, que significa 'este licor es muy fuerte'. Luego le tocó el turno a Lamun, quien limpió la boca de la botella con la manga de la camisa y luego comenzó a tragar lentamente el contenido de la botella. Todos los presentes hicieron lo mismo, pues al concluir la primera vuelta la botella de cusha estaba a la mitad.

—¿Cómo se llama este aguardiente?, preguntó el gringo.

—Es la cusha, míster, respondió Xhuxh Antil.

—Oh, la cusha. Es la primera vez que yo tomo este aguardiente. En mi tierra me gustaba tomar mucho vino, mucho whisky, mucha cerveza.

—Aquí con nosotros, míster, sólo tomamos cusha, le volvió a decir Xhuxh Antil. Dicho esto, volvió a ofrecer la botella al viejo Lopin para que iniciara la segunda vuelta. El viejo recibió la botella gustoso y esta vez bebió con ganas. Del mismo modo Mr. Puttison levantó la botella del suelo y tragó más que la primera vez. Mientras tomaban, las voces de los concurrentes aumentaban de tono. Mr. Puttison metió la mano en su bolsillo y sacó otras monedas:

—Xhuxh, vete a traer otro litro de cusha.

—Ya voy, míster, dijo Xhuxh, llevándose la misma botella vacía.

Había varias casitas en la comunidad donde se vendía la cusha, así que Xhuxh Antil salió presuroso del grupo en busca del encargo. Mientras tanto, Mr. Puttison preguntaba:

—¿Quién de ustedes puede decirme cómo se fabrica la

cusha?

—Se fabrica con panela, maíz desquebrajado y otros compuestos, dijo Koxkoreto.

—Muy interesante. ¿Y cuáles son los pasos a seguir?

Koxkoreto consultó con sus ojos al viejo Lamun, como buscando aprobación, y luego respondió:

—Pues, se pone la panela y el maíz molido a fermentar en una olla grande durante varios días. Cuando esta mezcla está fermentada, se pone a hervir sobre el fuego en una olla grande tapada con un plato. Sobre esta tapa se coloca otra ollita con otro plato embrocado de manera que el vapor choque en el plato embrocado y se junte el líquido en el primer plato de la olla grande. La olla pequeña debe tener un pequeño agujero donde se le inserta un tubo de donde se destila el líquido que se recibe en una botella. Ese líquido caliente y hediondo es la cusha.

—Oh, parece un proceso bastante fácil, aunque la explicación que has dado, amigo Koxkoreto, es muy confusa.

El gringo se había desabotonado la camisa y seguía recostado en el cerco de la casa, mientras la llama de la fogata se reflejaba en sus grandes ojos verdes que brillaban en la oscuridad. Al rato llegó Xhuxh Antil trayendo la botella llena que quiso entregar al gringo, pero éste la rechazo diciendo:

—Que tomen mis amigos primero. El viejo Lopin comenzó a cabecear y don Lamun apuró otro trago más.

—Oh, a los viejos les hace daño la cusha, dijo el gringo, sorprendido.

—Ellos ya no aguantan como nosotros, respondió Xhuxh Antil.

En ese momento, Xhepel salió de la casa a decirle a Lopin que se acostara. Luego, al ver que el tercio de leña que trajo Lopin estaba en el patio sin desatar, ella comenzó a desatar la leña diciendo:

—*Xtoh nahul hin holni hune' k'alan te' si' ti'an, yuxin q'ahan sikitoj wichamil yalan ijatzan.*

(Se me olvidó desatar este tercio de leña y mi marido se sigue cansando bajo la carga).

—¿Por qué dice ella esto?, preguntó curiosamente el gringo.

Xhuxh Antil respondió:

—Es la creencia, míster. Después de que el marido regresa del trabajo, la mujer debe desatar la carga de leña o maíz que el hombre acostumbra traer en su espalda. Si la mujer no hace esto, el hombre estará siempre bajo el sopor de la carga y sólo se librará cuando la mujer deshaga la carga. Es la creencia.

Allí estaba pues el viejo Lopin estirándose perezosamente, como queriendo sacudirse de encima un peso invisible que lo agobiaba. Luego se puso de pie, pero las añejas rodillas no lo soportaron y cayó sentado sobre su banco de caoba. Xhepel se rió y pidió a Koxkoreto que lo ayudara a entrar a su lecho. Koxkoreto levantó a Lopin del suelo y lo condujo cuidadosamente hasta acostarlo sobre el petate que Xhepel había tendido sobre el suelo.

—¿Quieres más cusha, Koxkoreto?, preguntó el gringo.

—Yo ya no quiero, míster, respondió Koxkoreto.

—¿Y por qué no, amigo?

—Porque mañana tengo que celebrar el rosario, respondió Koxkoreto.

—Oh, tienes mucha razón, se me olvidaba que eres catequista. Toma otro trago y te vas. ¿*Okey?*

Koxkoreto tomó un trago más y en ese mismo momento se despidió, sin antes preguntar por la hora.

—¿Que hora es, míster?

—Son las once y quince minutos, dijo el gringo.

—¿Quieres llevarte un pedazo de ocote encendido?, pregunto Xhepel. Koxkoreto dijo que podía caminar en la obscuridad, aunque a tientas. En su andar se notaba que no había tomado mucho como los otros.

Los demás amigos siguieron tomando y hablando a grandes voces sin importarles las horas que iban pasando. Trago tras trago fueron vaciando el contenido de la botella hasta que Lamun quedó casi inconsciente. Alguien fue a llamar a Ewul, la esposa de Lamun, pues de inmediato llegó a llevarse a su marido.

—Vamos a la casa, Lamun. No eres ningún joven para estarte serenando aquí con estos señores. Piensa en tu edad y reconoce que ya no conviene que tomes aguardiente. La voz de Ewul se escuchó autoritaria y el viejo hizo esfuerzos por ponerse de pie para seguir a su esposa, sin aceptar el apoyo de sus amigos. De manera que solo Mr. Puttison y Xhuxh Antil se quedaron hablando cosas sin importancia a la luz de la luna. En estas condiciones, Xhuxh Antil se portaba muy dócil en responder las múltiples preguntas que Mr. Puttison le hacía.

—Bebe, Xhuxh Antil, bebe, le decía el gringo y Xhuxh Antil bebía como un asno sediento. Al ver que el amigo respondía a cualquier pregunta, el gringo comenzó a preguntar cosas de su interés.

—*Okey,* Xhuxh Antil, quiero que me digas si hay alguna cueva más importante que la de Swi' Kamom, dijo de pronto el gringo. Y Xhuxh Antil le respondió con toda normalidad.

—Sí, míster, allí está la sima de Smuxuk Witz donde nadie ha podido bajar. Una vez bajaron dos hombres buscadores de colmena y ya nunca volvieron a salir. Dentro de esa sima se escucha el ruido de un río subterráneo, y luego, nadie sabe lo que sigue.

—Pero, ¿por qué crees que es muy importante esa sima?

—Porque allí se dice que se guarda una corona de oro, y otros dicen que en esa sima están guardados sesenta almudes de plata que escondieron nuestros antepasados.

Después de escuchar atentamente las palabras de Xhuxh Antil, el gringo alzó la botella y bebió largos tragos como si estuviera tomándose un refresco. Luego, alisó sus largos bigotes y volvió a preguntar con una extraña sonrisa:

—¿Me mostrarás algún día dónde está esa cueva, mi buen amigo Antil?

—Sí, míster, cuando usted quiera, respondió Xhuxh Antil dócilmente, pero con una voz ya casi apagada. Después de hablar, Xhuxh Antil quiso ponerse de pie, pero se le doblaron las piernas y cayó sentado sobre la leña amontonada en el patio de la casa de Lopin.

—Levántate, Xhuxh Antil, no seas flojo, le gritó el gringo.

Haciendo esfuerzos por demostrar que Xhuxh Antil era todo un hombre, se levantó casi de un salto diciendo:

—E... es que me tropecé, míster, se justificó.

El gringo se sonrió. Su enorme cuerpo se veía erguido en la oscuridad como un fuerte roble que no era movido por el viento.

—¿Qué hora es, míster?, preguntó Xhuxh Antil.

—Son las dos de la mañana, respondió, consultando su reloj con la luz de un cigarrillo.

—¡A la gran puta, míster, yo ya me siento borracho!, dijo Xhuxh Antil.

—¿Quieres más cusha?, preguntó el gringo mostrándole la botella.

Xhuxh Antil le respondió con mucho hipos.

—¡Hip!, ya vuelvo, míster, sólo voy a hacer mis necesidades entre el monte, ¡hip!, dijo, retirándose de la presencia de Mr. Puttison.

Después de un buen rato, Mr. Puttison encendió un cerillo para ver de nuevo la hora. Eran las dos y media de la mañana y ya habían pasado unos veinte minutos desde que Xhuxh

Antil se había ausentado, por lo que Mr. Puttison decidió llamarlo a gritos. Como Xhuxh Antil no respondía el gringo salió a buscarlo por los alrededores. Al fin, Mr. Puttison descubrió a Xhuxh Antil completamente dormido bajo la fronda de unos mangales.

—Levántate, Xhuxh Antil, vamos a casa, le gritaba el gringo, pero a pesar de las sacudidas Xhuxh Antil siguió durmiendo como un tronco, completamente borracho.

Mr. Puttison se rascó la cabeza sin saber que hacer. Después de meditarlo, decidió llevar a Xhuxh Antil al corredor de la casa de Lopin y dejarlo allí dormido. Hecho esto, levantó el litro en las manos y comprobó que muy poca cusha quedaba en el fondo de la botella. Al verse solo, el gringo comenzó a encaminarse a su posada, pasando por el camino del ojo de agua. La oscuridad era más intensa por la copa de los árboles que arqueaban sobre la fuente, escondiendo el brillo de los luceros. En ese momento se acordó de las lloronas del ojo de agua y a pesar de estar bajo el efecto del alcohol, no dejó de sentir un poco de temor y empuñó con más fuerza la botella que aún contenía un poco de cusha. Donde las sombras eran más espesas, el gringo fue tanteando sus pasos, pero a pesar de su cautela Mr. Puttison cayó varias veces, vertiginosamente al suelo. Se quejó de los golpes pero no dejó caer la botella al suelo.

Había cruzado la mayor parte de la cañada sin mayores tropiezos y lentamente se fue acercando al ojo de agua de Yich Koyew. El gringo hubiera querido esquivar aquel lugar obscuro, pero como no había otro camino decidió continuar a tientas. Poco a poco se le iban pegando las creencias de la gente de Yulwitz.

Pensando en mil conjeturas, Dudley se detuvo de pronto a escasos metros de la fuente y contuvo su respiración. El silencio de la noche se interrumpió cuando se escucharon grandes guacaladas de agua que caían, como si alguien se estuviera bañando en el ojo de agua. El gringo se acordó de pronto de los cuentos que Lamun y Koxkoreto le contaron sobre las lloronas. Pensando en lo peor, se preparó con la botella de cusha en la mano. Allí se quedó a escasos metros de la fuente escuchando el ruido que producía el agua que se derramaba a chorros. Mr. Puttison avanzó unos pasos más y agudizó la vista a través de la obscuridad, tratando de descubrir qué era aquello que jugaba con el agua. Con la escasa luz de las estrellas, se dio cuenta que era la silueta de una mujer sentada a orillas de la fuente y que se echaba agua a la cabeza bañándose.

El gringo refregó sus ojos trasnochados creyendo ver tan sólo una visión; pero muy pronto se dio cuenta que era una mujer, quizás la llorona, y no era sólo una visión momentánea como lo suponía. Después de zambullirse en la tibia fuente, la mujer se sentó sobre una piedra plana a peinar su largo pelo, tan negro como la misma obscuridad.

Eran las tres y media de la mañana y los gallos del poblado comenzaron a sacudir sus alas y a cantar vocingleramente el *¡kaxhkalanh q'u!* Mr. Puttison pensó en retroceder para no tropezar con aquella mujer, pero luego dispuso enfrentarse a ese ser legendario. Al menos sólo era una y no dos, como en las historias que contó Koxkoreto y Lamun.

Dispuesto a todo, Mr. Puttison se fue acercando cautelosamente a la mujer que seguía allí sentada peinando su largo cabello negro. El plan era sorprender a la llorona por la espalda y vaciarle el resto de la cusha sobre la cabeza. Mr. Puttison repitió mentalmente las palabras de Xhuxh Antil: "Las lloronas se quedan paralizadas en el mismo lugar llorando, sin poder perseguir al hombre cuando son bañadas con aguardiente". Pensando en esto, el gringo se abalanzó sorpresivamente sobre la llorona, vaciándole de inmediato el contenido de la botella sobre el pelo recién lavado de la mujer. Con una voz casi entrecortada, el gringo gritó:

—¡Aquí está tu merecido, llorona del demonio!

Diciendo esto, el gringo se echó a correr como alma que lleva el diablo. La mujer, que estaba desprevenida, pegó un grito de terror al ver la descomunal figura del atacante. Al oír el grito destemplado de la mujer, el gringo entró en pánico y siguió corriendo alocadamente. Desafortunadamente el gringo no pudo avanzar mucho, pues tropezó con las raíces del enorme sabino a orillas de la fuente y cayó al suelo estrepitosamente.

Mientras tanto, la mujer ofendida comenzó a proferir maldiciones en vez de ponerse a llorar como lo había supuesto el gringo. Ella había reconocido la voz del gringo.

—¡Qué tenés vos, gringo desgraciado! ¿No podés mirar que soy Kat Tulis? ¿Por qué salís de noche a pasiar si tenés miedo? Burro, mierda, desgraciado, amujerado...

El gringo se había recuperado de la caída y allí se quedó sentado escuchando los insultos de la mujer, quien seguía gritando furiosa.

—¡Te voy a demandar a la autoridad por lo que me has hecho, gringo malvado!

La mujer comenzó a bañarse de nuevo, echándose guacaladas de agua a la cabeza para quitarse el mal olor de la cusha que el gringo le había regado entre el pelo. Viendo que la mujer no infundía miedo, Mr. Puttison se acercó a pedir disculpas.

—Hola, ¿qué pasa aquí?, dijo, aparentando una voz amable.

—¿Cómo que qué pasa? Lo que pasa es que vos me regaste cusha en la cabeza, y me asustaste mucho. Pensé que era un gorila el que se me había echado encima. Por esto que has hecho, te voy a demandar, gringo desgraciado.

El gringo sabía que Xhuxh Antil, la autoridad, estaba borracho, pero creyó que era conveniente aclarar la situación con Kat Tulis y evitar más discordias con la gente de la comunidad.

—Perdón, fue una grave equivocación de parte mía, se excusó.

—¿Por qué no te fijás pues? Hasta me maltrataste de llorona y eso sí que me ofendió, dijo Kat Tulis muy enojada.

—Oh, perdón. Yo estaba borracho y no vi claramente quién estaba bañándose. Además que es muy noche aún.

—Será muy de noche para vos, pero para nosotras las mujeres de Yulwitz, ésta es la hora en que nos levantamos para hacer nuestros oficios de cada día. Mirá allá, el lucero Saj B'es ya está alto; ésta es la hora en que la gente trabajadora se levanta para comenzar los trabajos del día.

El gringo descubrió el lucero Venus alumbrando a través de las altas copas de los árboles; y en la comunidad, los gallos cantaban insistentemente saludando el amanecer.

—Reconozco mi falta, señora Kat Tulis. Mis amigos me han contado algunos casos de lloronas y por eso me equivoqué. Además usted no debe bajar a la fuente a bañarse muy temprano y sola.

—Eso no te importa. Hoy por ejemplo bajé temprano a bañarme porque tengo que ir al pueblo a vender mis frutas, y de paso, rezarle a las ánimas benditas del cementerio del pueblo. Me levanto temprano por necesidad y no por vagabundear como usted.

—Oh, yo comprendo, perdón, perdón.

Mientras discutían, se comenzaron a escuchar voces de varias mujeres que bajaban a traer agua a la fuente. Muy preocupado, Mr. Puttison se despidió rápidamente de Kat Tulis y se encaminó a su posada aún bajo los efectos del alcohol. Por suerte el gringo no rompió la botella en la cabeza de la pobre mujer como lo había pensado antes, en sus momentos de pánico. De lo contrario habría creado un gran alboroto en la comunidad y lo cual le habría costado su expulsión de Yulwitz.

LOS MITOS DE LA CACERIA

Mr. Puttison amaneció adolorido ese día domingo. Por la tarde, sus amigos lo visitaron para preguntarle cómo había regresado de la casa de Lopin. Respondió que había regresado sin novedad, pero que había amanecido con un gran dolor de cabeza.

—Oh, esa cusha es realmente un brebaje del diablo, pues aún me siento mareado y enfermo, dijo. Sus amigos se rieron.

—Mi abuela dice que es la orina del diablo, dijo Koxkoreto. Y Xhuxh Antil agregó:

—Es la orina del diablo, pero a don Lamun le encanta. Hoy amaneció aún borracho y mandó a traer más cusha para seguir tomando.

Ciertamente, don Lamun estaba en el patio de su casa tomando con otros viejos y de vez en cuando pegaba grandes gritos como queriendo desahogar sentimientos reprimidos por muchos años.

—¿Quiere usted que mandemos a traer más cusha, míster?, preguntó Xhuxh Antil. El gringo respondió:

—No más, mi amigo Xhuxh. Hoy por la noche tengo un compromiso con Pel Echem para ir a velar los venados que están destruyendo sus cultivos de chile y frijol.

A la negativa del gringo, Xhuxh Antil permaneció un rato más y se retiró a su casa manifestando que debía descansar para reponer su sueño. Koxkoreto también prefirió dejar a solas a Dudley, quien se estiraba perezosamente sobre su camastro esa tarde. Al quedarse sólo, el gringo comenzó a roncar, vencido por el sueño.

Ya entrada la noche, Pel Echem se acercó al cuarto del gringo a recordarle que debían ir de cacería esa noche. A sus gritos, Mr. Puttison se levantó y se encaminó a la cocina de Usep Pel, donde se sirvió un plato lleno de frijoles negros con tallos tiernos de mamón. Luego, preguntó.

—¿Puedo prestar tu escopeta de nuevo?

Pel Echem respondió que sí, y subió al tapanco de la casa para bajar la vieja escopeta que Mr. Puttison había usado para matar al perro con rabia. Xhuxh Antil tenía guardando esta escopeta desde que su papá la compró a unos celadores de línea, cuando fue a cortar café en territorio mexicano, hace mucho tiempo. Mr. Puttison ya había comprobado que el *alkapus*, como se le llama en lengua maya, estaba en buenas condiciones, pero necesitaba largos cartuchos que sólo en los pueblos grandes "del otro lado", se podían conseguir. Pel Echen no tenía de aquellos cartuchos, pero sabía como cargar el arma con pólvora y garbanzos del plomo de los que su padre usaba. Eso sí, después de cada tiro había que sentarse a cargar el arma con balines y pólvora, proceso que era demasiado lento y tedioso.

Mr. Puttison preparó su linterna de mano y amarró el machete envainado a la cintura. Ya eran las nueve de la noche cuando salieron los dos del poblado con rumbo a los cultivos de Pel Echem, que estaban a una hora de camino del poblado.

Mientras caminaban, Mr. Puttison tiraba la luz del foco entre la milpa a orillas del camino. Era el tiempo oportuno de cacería, porque la milpa estaba todavía pequeña, como a dos pies de altura. Mientras caminaban, el gringo preguntó.

—¿Has salido mucho de cacería por las noches?

—Nunca, míster, prefiero salir a cazar animales de día.

—¿Por qué?, volvió a preguntar el gringo.

—Porque no me gusta andar de noche sólo, respondió Pel

Echem honestamente.

El gringo vio varios conejos a orillas de las siembras, pero no quiso dispararles, porque eran animales muy pequeños. Era preferible cazar venados, pues cada tiro era demasiado valioso por el tiempo que llevaba prepararlo, de manera que no convenía desperdiciarlos cazando roedores.

—¿Así que no te gusta la noche eh, Pel?, volvió al tema el gringo.

—No me gusta, míster. Mi padre, que ha sido buen cazador, me ha contado muchas historias de miedo relacionadas con la cacería.

—¿Y él andaba sólo, sin compañía?

—Sí, míster, a mi papá le gustaba andar sólo, hasta que una noche.

—¿Que pasó esa noche, Pel? Cuéntame.

—Se lo contaré mañana, míster; ahora no conviene porque es de noche. Pel Echem trataba de ocultar su miedo mientras seguía al gringo muy de cerca en la oscuridad.

—Está bien, hablaremos de esto otro día, aceptó el gringo.

—A pocas cuerdas más adelante están mis sementeras, míster, anunció Pel Echem.

Entonces, Mr. Puttison bajó la luz del foco a los pies y revisó la recámara de su escopeta. Hecho esto, siguieron caminando en silencio, tratando de no pisar ramas secas o tropezar con piedras en el camino. Se detuvieron ante un corral de piedras y Pel Echem le indicó al gringo que debían pasar sobre unos horcones que servían de escalera para pasar sobre las piedras.

—Allí, míster, allí es donde están mis siembras de chile donde los venados hacen perjuicio comiendo las puntas de la matitas tiernas. Pel Echem habló quedamente a los oídos del gringo, quien se agachó para entender mejor lo que su amigo le decía.

—Muy bien, Pel, quédate aquí a esperarme y sin hacer ruido. Yo voy a acercarme despacito a la plantación para ver si allí están los venados comiendo, ¿*okey?*, ordenó el gringo.

Sin demostrar mucha cobardía, Pel Echem dijo *"okey"*, quedándose quieto en el lugar que el gringo le había señalado. La noche estaba oscura y los pocos luceros apenas lograban asomarse detrás de la nubes, alumbrando el suelo y los cerros con una luz tenue, mortecina. El gringo colocó la escopeta debajo del brazo apuntando hacia adelante y avanzó silenciosamente hacia el cultivo de chiles con la linterna apagada.

Se habría retirado tal vez una cuerda, cuando Pel Echem comenzó a sentir miedo de la oscuridad. Eran las once de la noche y en todos los cerros se escuchaban chillidos de animales y pájaros nocturnos. Pel Echem no resistió estar solo por más tiempo y prefirió seguirle los pasos al gringo, avanzando de puntillas para no hacer ruido y para que Mr. Puttison no se diera cuenta que lo estaba siguiendo de cerca. Por su parte, Mr. Puttison se había parado a orillas de las siembras y no quería enfocar en ningún lado antes de captar con sus finos oídos algún ruido que se produjera entre las matas de chile.

Allí estaba agudizando la vista y el oído entre la oscuridad cuando escuchó a espaldas unos ruidos de palillos secos que se rompían bajo el peso de algo que lo seguía. Mr. Puttison se apoyó detrás de unas rocas esperando que apareciera aquello que producía el ruido para sorprenderlo con el foco. De pronto, algo cayó aparatosamente al suelo y a pocos pasos del gringo. Alarmado por aquel ruido, Mr. Puttison enfocó al bulto caído y ahí descubrió a Pel Echem tratando de ponerse de pie, nerviosamente.

—¿Qué pasó, Pel?, preguntó el gringo.

—Nada, míster. Pensé que usted se había ido muy lejos por

eso dispuse seguirlo, se justificó Pel Echem.

—¡Caramba, hombre!, me diste un gran susto. Pensé que una fiera iba a atacarme sorpresivamente.

—Perdón, míster, dijo Pel Echem disculpándose.

—Oh, no hay pena, solamente que no podremos conseguir un venado si tú sigues haciendo más ruido.

Pel Echem no respondió y se sacudió la ropa, muy avergonzado.

A raíz del ruido, el cazador no prestó más atención hacia los cultivos y enfocó en todas las direcciones sin encontrar nada. Se pasearon entre las matas de chile y se dieron cuenta que había huellas recientes de los venados a orillas de las sementeras.

—Hemos llegado tarde, dijo el gringo. —Los venados ya han comido por aquí, ¿Hay algún otro lugar bueno para lucear?

—Sí, míster, las sementeras de mi compadre Xhap Nolaxh están aquí cerca.

—*Okey,* debemos conseguir algún venado esta noche. No serán en vano nuestros desvelos; estoy casi seguro.

Se dirigieron a los cultivos cercanos, evitando el menor ruido posible. Cuando estuvieron cerca, Mr. Puttison le volvió a decirle a Pel Echem que se quedara quieto esperando por un momento hasta que se le silbara si no había nada; o hasta que escuchara el disparo en caso de encontrar algún venado.

A su edad, Pel Echem sintió vergüenza decirle al gringo que tenía miedo de quedarse sólo en la oscuridad. Con mucho temor, Pel Echem aceptó quedarse solo por un rato mientras el otro se alejaba nuevamente sin hacer ruido.

Después de que el gringo se alejó, Pel Echem sintió tentaciones de seguirlo otra vez de puntillas. Esperó que pasaran unos minutos y comenzó a seguirlo con el mayor cuidado posible para no delatar su presencia. Luego, se detuvo para comprobar la ubicación del gringo por medio de la luz de su linterna; pero como siempre, la táctica del gringo era deslizarse sigilosamente como una fiera y luego detenerse en un punto estratégico para seguir inspeccionando cautelosamente, sin alumbrar.

Mr. Puttison agudizó sus oídos y pudo escuchar el ruido que producía el venado cuando arrancaba los tiernos retoños de las plantas de chile. Se preparó mentalmente y de inmediato apuntó sobre el lugar de donde provenía el ruido antes de tirar la luz del foco. Cuando lo creyó oportuno, enfocó hacia el lugar del ruido descubriendo un enorme venado de largos cuernos que rumiaba tranquilamente su zacate. Afinó la puntería, y estaba por disparar cuando Pel Echem se acercó de pronto gritando:

—¡Ooooooooooy!

El inesperado grito que surgió detrás de las rocas espantó al venado, el cual, alzando su rabo cuto, pegó un largo salto sobre las sementeras y se alejó resoplando entre los matorrales.

—¡Ooooooooy...!, seguía gritando Pel Echem con insistencia.

Mr. Puttison que no tuvo tiempo suficiente para disparar, muy enojado bajó la escopeta y le respondió con el mismo grito:

—¡Ooooooooooyyy!

Cuando Pel Echem escuchó la respuesta, volvió a gritar.

—¡Venga, míster, rápido!

Pensando que Pel Echem estaba en peligro, el gringo corrió como pudo hasta encontrarse con su amigo que estaba trepado a un árbol.

—¿Qué pasa, Pel?, preguntó el gringo.

—Acabo de escuchar las voces de unos niños recién

nacidos que lloraban allá detrás de los corrales de piedra, míster.

—Son imaginaciones tuyas, le explicó el gringo; pero Pel Echem insistió.

—Palabrita que sí, míster. Yo los oí llorar detrás de esos corrales de piedra.

—Vuelvo a insistir que son imaginaciones tuyas, pero para desengañarte, vamos a ver ese lugar donde escuchaste llorar a esos niños recién nacidos.

Llegaron al lugar donde Pel Echem dijo haber escuchado el llanto de los niños, y no encontraron a nadie. Solamente vieron granos de maíz tirados en el suelo donde los campesinos descansan bajo sus redes de maíz.

—Ya ves, Pel Echem, aquí no hay nada.

—No hay nada, míster, pero estoy seguro que estos granos de maíz botados en el suelo eran los que lloraban, dijo Pel Echem, recogiendo los granos de maíz.

Después de que Pel Echem levantó el último grano, Mr. Puttison apagó el foco y se sentó a descansar. Pel Echem metió el puño de granos en el bolsillo y le relató al gringo una de las creencias más comunes en la comunidad, relacionados con el maíz.

—El maíz llora como un niño recién nacido cuando se le abandona así en los caminos. Hay muchos hermanos campesinos que no hacen caso de esta tradición y desperdician el maíz como en este caso; pero dicen los abuelos que un día nuestro primer padre recogerá todas las semillas que hay sobre la tierra y entonces nos quedaremos sin nada. Y todo por culpa de los que desperdician el maíz o *komi' ixim*, nuestra madre que nos alimenta, el maíz.

—Interesante historia. Si tú lo crees, posiblemente haya sido así, entonces, dijo el gringo; complaciendo a Pel Echem.

—Sí, míster, palabrita que oí el llanto de los niños, volvió a justificarse Pel Echem, al momento que se besaba el dedo pulgar derecho, en señal de que decía la verdad. El gringo respondió:

—Fue una lástima que tú hayas gritado en el preciso momento en que yo estaba a punto de disparar a un venado muy grande.

—Lo siento, míster, respondió Pel Echem, un poco avergonzado.

—¿Qué hacemos ahora? Damos una última vuelta o regresamos a casa?, preguntó el gringo. Pel Echem respondió:

—Creo que es mejor que regresemos, míster; los venados no volverán.

—*Okey*, tú tienes razón; aunque quisiera que demos un último vistazo al chilar que visitamos primero.

—Está bien, míster, y que sea rápido porque yo ya tengo sueño. Diciendo esto, Pel Echem tomó la delantera argumentando que conocía el lugar y que podía guiar mejor el camino.

Llegaron de nuevo a la primera sementera donde habían encontrado muchas huellas de venado. Mr. Puttison, quien conocía ya las debilidades de Pel Echem, le pidió que se quedara otra vez a esperarlo mientras iba a recorrer las siembras sin producir el menor ruido posible. Aparentando valentía, Pel Echem aceptó quedarse.

Al llegar a las sementeras, el gringo agudizó el oído esperando captar algún ruido de venado entre las siembras. Luego, enfocó por todas partes y siguió avanzando hacia las orillas del terreno cultivado sin descubrir nada. Cansado de buscar, apagó la linterna y se sentó sobre un tronco a esperar. Esta vez, intencionalmente quería comprobar las reacciones de Pel Echem, quien se había quedado sólo entre la obscuridad. Por su parte, Pel Echem hizo esfuerzos por permanecer en el mismo lugar sin seguir de puntillas a Mr. Puttison. Pero al ver que el tiempo pasaba y el gringo no volvía, comenzó a gritar escandalosamente.

—¡Ooooooooyyyy! ¡Oooooyyy!

Mr. Puttison estaba sentado sobre el tronco riéndose a solas. Pel Echem, por su parte, siguió gritando como si algo se le estuviera echando encima.

Después de haberse reído a solas, Mr. Puttison respondió como si estuviera muy lejos y poco después enfocó hacia el gritón.

—¿Qué sucede, amigo Pel?, preguntó con tono preocupado el gringo.

—¡Apúrese, míster, pero rápido!, insistió Pel Echem.

Temeroso de que realmente algo malo le estuviera sucediendo a su amigo, Mr. Puttison echó a correr hasta llegar donde Pel Echem seguía gritando.

—¿Y ahora qué pasa, amigo?, preguntó el gringo.

—Viera, míster, un enano pasó corriendo aquí cerca de mí, y por poco me botaba.

—¿Que qué?, preguntó el gringo, intrigado.

—¡Un niñito pasó corriendo aquí muy cerca de mí!

—¿Otra vez un niño?, preguntó extrañado el gringo.

—Sí, míster. Con la poca luz de las estrellas pude distinguir que era un niño o un enano que pasó corriendo aquí cerca.

—¿Y por dónde se fue ese niño o ese enano?

—Se fue por allí, míster; y vi que desapareció en aquella gruta.

—Vamos a ver si allí está el niño, dijo el gringo, encaminándose al lugar que Pel Echem le había indicado.

Llegaron a la pequeña cueva y el gringo enfocó adentro. Allí en el fondo de la pequeña cueva estaba un zorrillo con la cola parada, mirándoles con indiferencia.

—Allí está el que te asustó, dijo el gringo.

—No, míster, palabrita que yo vi que era un niño.

Mientras hablaban, el zorrillo terminó de comer alguna fruta y salió corriendo de la cueva, pasando muy cerca de ellos. Con la cola parada, el zorrillo parecía un niño quien llevaba una ropa obscura con rayas blancas.

—Ya ves, amigo Pel, ese zorrillo te ha asustado.

—Tal vez, míster, dijo Pel Echem todavía dudoso, recordando la forma y el tamaño del ser que vio pasar corriendo en la oscuridad muy cerca de sus pies.

—*Okey*, mi amigo, creo que es suficiente por hoy y mejor nos regresamos a casa.

—Es mejor, míster, dijo Pel Echem, tomándole la delantera al gringo.

Era la una de la mañana cuando llegaron a casa, y Usep Pel, quien seguía despierta por esperar a los cazadores, se apresuró a abrir la puerta para que entraran a tomar café caliente antes de acostarse. Al ver que no habían logrado cazar nada, Usep les dijo, bromeando.

—Pongan el venado allí, que yo voy a destasarlo esta misma noche.

—No encontramos nada, se adelantó a responder Pel Echem. Mr. Puttison agregó.

—Tuvimos mala suerte, pues cuando yo estaba por dispararle a un venado, Pel comenzó a gritar diciendo que había oído llorar a unos niños en la obscuridad.

—¿Espantos?, preguntó ella, riéndose. —¿No sabe usted, don gringo, que Pel es un miedoso?, Incluso, hasta le da miedo salir al patio de su propia casa de noche.

—¡Oh, pobre amigo!, dijo el gringo, demostrando compasión.

—De veras que oí y vi cosas extrañas cuando Mr. Puttison estaba lejos buscando animales, se defendió Pel Echem.

—Ya te conozco, Pel; sos un miedoso y más que eso, un mentiroso. Debiste haber aprendido de tu papá, pues a él no le daba miedo salir de cacería sólo y de noche.

Pel Echem no le hizo caso a su esposa y se sirvió café con tortillas calientes. Mr. Puttison rechazó el café, pero se quedó en la cocina hablando con sus amigos. De pronto, el gringo le preguntó a Pel Echem.

—A propósito, ¿qué fue lo que le sucedió a tu padre cierta vez cuando salió de cacería? ¿Te acuerdas que no quisiste contármelo allá entre la obscuridad?

Pel Echem tomó varios sorbos de café antes de responder:

—La historia de mi papá es de miedo. El acostumbraba salir de cacería sólo y no le importaba la obscuridad.

—Pero, ¿por qué le gustaba andar sólo?, interrogó el gringo.

—No lo sé, míster; muchos dicen que era por no compartir la cacería con otros; pero mi papá decía que cuando lo acompañaban, siempre le traían mala suerte y no conseguía nada; pero cuando salía sólo, entonces sí conseguía abundante caza.

—Oh, ya entiendo. Sigue ahora con el relato, pidió el gringo.

—Esto sucedió hace mucho tiempo y durante el invierno. Durante esta época del año, especialmente durante el mes de septiembre, los árboles de amate comienzan a botar sus frutas maduras. El amate es la fruta preferida de los venados y es común ver muchísimas huellas de venados alrededor de estos árboles cuando están llenos de frutas. Cierta noche, mi papá dispuso ir a velar uno de estos árboles donde había descubierto muchas huellas grandes de venados que llegaban a comer de ésta fruta. Esa vez, eran como las ocho de la noche cuando salió de cacería después de una lluvia torrencial. Mi papá acostumbraba usar esta vieja escopeta y por eso nunca fallaba cuando salía a cazar venados. Esa vez había luna llena y por eso no llevó suficiente ocote para alumbrarse el camino de regreso. Mi papá se fue rápido para tratar de llegar al árbol antes de que llegaran los venados a comer y así poder sorprenderlos. Después de observar bien el lugar, se subió a un pequeño arbusto y ahí se sentó sobre las ramas y con los pies colgando como a metro y medio del suelo. Habría pasado una media hora después de haberse acomodado en su escondite, cuando comenzó a escuchar ruidos. El ruido era peculiar, como el de un armadillo que jugueteaba entre las hojas secas al pie del árbol de amate. Mi papá preparó su escopeta, pero pensó que no valía la pena dispararle a un armadillo y producir un gran ruido que luego ahuyentaría a los venados que estuvieran ya cerca. Con este pensamiento, mi papá volvió a quedarse quieto, sin interesarse por lo que producía aquel ruido. De pronto, lo que producía aquel ruido se fue acercando al pie del arbusto donde él estaba trepado. Tentado por la curiosidad, mi papá vio hacia abajo tratando de descubrir con la poca luz de la luna que penetraba entre las ramas del árbol, qué era lo que producía el ruido. Cuando fijaba los ojos en el punto donde se producía el ruido, de inmediato se escuchaba en otro lugar al pie del arbusto donde él estaba trepado. Al ver que no podía descubrir aquello que producía el ruido, se volvió a quedar quieto esperando la llegada de los venados. Al fin, mi papá comenzó a escuchar un ruido que se acercaba. El ruido era más fuerte que el primero; por eso , mi papá alistó la escopeta, pensando que esta vez era un venado el que se acercaba. El ruido se dirigió exactamente al pie del arbusto donde mi papá estaba trepado y lo curioso era que no podía descubrir qué era lo que producía el ruido. De pronto, alguien comenzó a sollozar tristemente, dando vueltas alrededor del arbusto donde él se hallaba trepado. Mi papá enfocó hacia el lugar tratando de sorprender a aquel espanto o espíritu travieso, pero no vio nada. Entonces, mi papá, quien nunca había tenido miedo antes, comenzó a perder el valor cuando ese ser invisible lo agarró de los pies que colgaban a poca altura del suelo y comenzó a jalárselos para botarlo al suelo. Mi papá no esperó más y disparó hacía el lugar donde se ubicaba en ese instante el ser que lo estaba molestando. Hecho esto, saltó al suelo y corrió como loco buscando el camino a casa en medio de la obscuridad. Mi papá hacía esfuerzos por correr, pero sus piernas se resistían. Entonces se le presentó un hombre que vestía ropa negra con rayas rojas, como la ropa que usan los bailadores de mono en las fiestas, y dijo muy enojado:

—Ajá, con que vos sos el que andás matando a todos mis animales. Hace pocos días que heriste a mi caballo favorito y ahora andás en busca de otros. Antes la gente era más respetuosa y pedía permiso antes de salir a cazar mis animales; pero ahora los matan sin mi permiso y es por eso que ya muy pocas especies me quedan. Si tú me los pidieras, yo te los daría; pero tú no me pedís nada y matás los animales de mi propiedad sin mi consentimiento. ¡Tomá, pues, por tu mala conducta!

—El hombre se quitó el cincho de su cintura y comenzó a azotar a mi padre. En esto estaba cuando mi papá vio una bola de fuego que bajó del cielo y que le chocó en el pecho. Cuando aquella bola de fuego le tocó su pecho, mi papá comenzó a sudar y un calor extraño le comenzó a recorrer el cuerpo como si alguien le hubiera chipoteado la cara. Mientras tanto, el hombre del traje negro había desaparecido y mi papá se puso de pie y siguió corriendo hacia el poblado, abandonando su escopeta. Con la camisa rota y muy fatigado llegó mi papá a casa y pidió que le trajeran cusha para tomar y recuperar el ánimo y el aliento perdido. Desde entonces mi papá ya no volvió a salir de cacería y fue a recoger la escopeta donde la había dejado tirada para guardarla desde entonces en el tapanco de esta casa. Esto es lo que le pasó a mi padre y es por eso que me da miedo salir de cacería de noche. Ese hombre o ser extraño era Witz, el dueño del cerro y el dueño de los animales, concluyó Pel Echem.

—Eso sí fue cierto, dijo Usep Pel, reafirmando lo que Pel Echem había relatado. Como de costumbre, el gringo tuvo más preguntas.

—¿Por qué piensan ustedes que ese extraño hombre dijo: "Hace poco, heriste a mi caballo favorito"? preguntó el gringo.

Pel Echem tapó el canasto de tortillas y respondió, animado.

—Es que pocos días antes de aquel incidente, mi papá había tenido una experiencia muy extraña con los venados. Cierta tarde, mientras él regresaba del trabajo a la casa, vio a orillas de las siembras a un venado enorme. Mi papá llevaba su escopeta preparada y de inmediato se detuvo a apuntar al venado que seguía rumiando tranquilamente, sin asustarse. Cuando sonó el disparo, el venado saltó a un lado y se quedó allí parado relamiéndose el hombro herido. Mi papá estaba seguro de que había pegado al blanco, pero el venado seguía de pie sin caerse al suelo. Desafortunadamente mi papá no tenía más tiros y por eso dispuso de inmediato correr hacia el venado herido y botarlo al suelo de un empujón. Cuando el venado cayó al suelo, mi papá se le montó encima tratando de retorcerle la cabeza pero el venado se defendió con patadas, aventándolo lejos. El venado se levantó del suelo y siguió andando, tambaleante. Otra vez mi papá corrió hacia el venado y volvió a botarlo con un empujón. Pero el venado herido siguió defendiéndose con las patas y con las cuernos hasta que condujo a mi papá a orillas de una sima. Al ver el peligro donde era conducido mi papá, él optó por abandonar al venado y se regresó a casa, casi entrada la noche. Mi papá pensó que aquél venado no era real, sino era uno de los caballos de Witz, el dueño del cerro y de los animales. Por esa razón el venado no moría y parecía conducir a mi papá hacia algún peligro. Creemos que de ese venado se refería aquel hombre extraño.

—¡Oh, que interesante historia, maravilloso!, exclamó el gringo.

—Sí, míster, la historia es muy extraña.

—¿Y tiene esto algo que ver con la muerte de tu padre?

—No, míster, mi papá murió ahogado. Aunque mi madre dice que pocos meses después del susto que se llevó mi padre, él comenzó a hincharse poco a poco y a perder el apetito.

—*Okey*, hablaremos más de esto otro día, dijo el gringo, dirigiéndose a su habitación.

—Sí, don gringo, porque yo ya tengo sueño, dijo Usep, cerrando la puerta con trancas y apagando la luz de los ocotes. A lo lejos se escuchaba el ladrar de algunos perros vagabundos, de los muchos que deambulan por las calles de Yulwitz.

•••

LA AMISTAD DE MR. PUTTISON

Durante los días siguientes, Mr. Puttison permaneció en su cuarto leyendo y escribiendo, pues había llovido toda la semana y había charcos y lodo en todas partes. El encierro lo había fastidiado demasiado y al fin comenzaba a disgustarle la vida monótona que se vivía en Yulwitz. Cierta tarde Mr. Puttison mandó a llamar a su amigo Xhuxh Antil para quejarse del lodo que había en las calles, pero Xhuxh Antil le dijo que los campesinos de Yulwitz estaban muy ocupados en lo trabajos de la milpa, y no era conveniente molestarlos con trabajos extras. Éste era el tiempo del *aq'in*, o la primera limpia de las matas de maíz, época muy importante del ciclo agrícola. Los campesinos saben que si no logran limpiar su milpa durante este período de tiempo, no podrán asegurarse una buena cosecha al final del año. Las matas de maíz que no se limpian crecen raquíticas y se secan pronto entre la maleza.

El gringo comprendió que no se podía exigir al vecindario ocuparse de sus calles cuando su corazón estaba completamente entregado al cultivo y al cuido del maíz. Ya lo decían los ancianos de Yulwitz:

—Puede hacer falta en la casa la sal, la panela, el chile, los frijoles y hasta la ropa; pero el maíz, jamás; porque es el alimento sagrado e indispensable para la familia. Por ejemplo, una jícara de posol sustenta y llena más que cualquier otra clase de comida. De todo se puede carecer menos del maíz, el cual es la riqueza de todo campesino.

Éste era el ritmo de vida que se llevaba en Yulwitz. Pero cierta mañana dos *kaxhlan* o ladinos, llegaron frente al cabildo montados a caballo y preguntando por el alcalde auxiliar de la comunidad.

Xhuxh Antil, quien por suerte estaba de turno ese día, pidió a los hombres que desmontaran y que descansaran sobre los escaños en el corredor del edificio. Los dos hombres accedieron, mientras uno de ellos ordenó que alguien fuera de inmediato a buscarle zacate a los caballos hambrientos. A la orden de los *kaxhlan,* un mayor al servicio de Xhuxh Antil salió en busca del zacate para los caballos.

—¿En qué puedo servirles, señores?, preguntó Xhuxh Antil, respetuosamente.

Los dos hombres, gordo uno y delgado el otro, lo miraron con autoritarismo y le respondieron, tajantes.

—Somos agentes de la Intendencia Departamental y venimos a entregar las tarjetas de vialidad a cada uno de los habitantes aptos de esta comunidad.

—¿Qué es eso de la "vialidad", señores?, preguntó extrañado Xhuxh Antil.

—Es la tarjeta de control de trabajo a que serán sometidos ustedes. El Supremo Gobierno ordena que todos los indios vagos como ustedes sean obligados a trabajar sin pago alguno en la construcción de los caminos del ferrocarril y la carretera allá en la costa sur. Cada uno de ustedes debe cumplir con los treinta días de trabajo obligatorio en los caminos en construcción a que se les envíe por cuadrillas. El que no quiera cumplir con esto será encarcelado y tendrá que pagar una multa.

—Señores, aquí no hay vagos. Todos los habitantes de Yulwitz somos campesinos pobres dedicados al trabajo de la milpa y no nos queda tiempo para vagar. Todos los días, todos los meses y todos los años, desde que amanece hasta que anochece, nuestros pensamientos están siempre con nuestras siembras, explicó Xhuxh Antil.

—Bueno, eso dicen ustedes, pero la orden es clara. Todos los indios deben tener esta tarjeta para llevar el control de los días de trabajo que ustedes deben aportar para el adelanto de la patria. Con el trabajo de todos ustedes nuestra nación podrá desarrollarse y tener nuevas carreteras y ferrocarriles que tanto necesita Guatemala para progresar. El que desobedezca la orden se le expedirá orden de captura y entonces quedará encarcelado o sometido a otros trabajos forzosos en la cabecera departamental.

—Señores, los hombres aún están en sus trabajos y creo que es necesario hacer una junta para darles a conocer esta nueva orden. Se llamará a la gente con tambores hoy mismo para discutir este asunto tan preocupante.

—No es necesario discutirlo, pues la orden viene de allá arriba, y no les queda otra alternativa más que organizarse en cuadrillas e ir a trabajar al lugar que se les ha asignado. La próxima semana les toca a ustedes continuar con el trabajo que los indios de otros pueblos han venido realizando con anterioridad.

—¿Dónde dicen ustedes que hay que presentarse?

—En la Intendencia del Departamento de Huehuetenango.

—Pero, señores, la Intendencia de Huehuetenango queda muy lejos de aquí. Son tres días de camino a pie para llegar a esa ciudad.

—Precisamente por eso deben prepararse de inmediato y comenzar a caminar ya, para no tener problemas con las autoridades.

—Y, ¿cómo les entregarán las tarjetas a los hombres si no han regresado de sus trabajos?

—Eso no es problema. Pasaremos de casa en casa dejando las tarjetas a las esposas y ellas se encargarán de entregarlos a sus esposos.

Los hombres salieron de casa en casa entregando las tarjetas a las mujeres. Y donde encontraban las casas cerradas, simplemente tiraban las tarjetas adentro y se iban sin preocupaciones. Cuando terminaron de repartirlas, volvieron a juntarse con Xhuxh Antil en el corredor del cabildo y le dijeron:

—Por ser el alcalde auxiliar del lugar no te daremos tu tarjeta esta vez, pero el otro año seguramente tendrás que aportar tu trabajo para el beneficio de la nación. De hoy en adelante es tu obligación organizar a la gente en grupos y que se presenten pronto en la Intendencia donde se les instruirá más sobre lo que tendrán que hacer.

Después de pedir algo que comer, los dos hombres volvieron a montar sus caballos y se fueron de Yulwitz apresuradamente. Seguramente iban a las otras comunidades vecinas donde también dejarían las tarjetas, comprometiendo a los hombres a aquel trabajo obligatorio. Por su parte, Xhuxh Antil se sintió oprimido por tan fatal noticia y se sentó a fumar nerviosamente. Aquellos mensajeros *kaxhlan* que traían la orden, con desprecio llamaban "indios perezosos y vaga-bundos", a todos los habitantes de Yulwitz, sin reconocer el valor y el trabajo de los indígenas. Era evidente que tiempos difíciles se avecinaban sobre los habitantes de Yulwitz y que los hombres tendrían que abandonar a su familia, y sus trabajos de la milpa para ir lejos a trabajar gratuitamente en la construcción de esas carreteras y caminos del ferrocarril.

Por la tarde, cuando los campesinos regresaron cansados y con olor a monte por el duro trabajo del *Aq'in*, se afligieron al recibir los mensajes de mano de sus mujeres. Al no poder leer los papeles, acudieron a Xhuxh Antil para que les informara detenidamente sobre la visita de los *kaxhlan* y del contenido de los papeles que dejaron en cada casa. Xhuxh Antil convocó de inmediato a un *lahti'* para dar a conocer a los habitantes de Yulwitz las instrucciones que había recibido de aquellos visitantes ladinos, que según ellos, eran órdenes del mismo gobierno.

Yulwitz era una comunidad muy pobre donde casi no circulaba el dinero, aparte de los medios centavos y los tostones. De manera que nadie estaba de acuerdo en pagar multa o ser encarcelado por negligencia. Así fue que esa misma tarde los hombres y las mujeres comenzaron a movilizarse para hacer los preparativos del viaje. Los hombres aptos, como lo habían indicado los mensajeros, tuvieron que acarrear mucha leña y traer varias redes de maíz desde sus trojes para que sus familias tuvieran de qué comer durante los primeros días de su ausencia. Las mujeres, por su parte, se pusieron a trabajar duramente preparando los *wok'ox*, (tortillas tostadas en el comal) las cuales rompían en pedazos dentro de las bolsas de manta donde cada viajero debía llevar su bastimento. Otras hacían el *tzik'ah*, lo cual consistía en moler el nixtamal en la piedra de moler, haciendo una masa granulosa; la cual ponían a secar bajo el sol durante uno o dos días. Cuando este maíz molido quedaba bien seco, se guardaba también en bolsas de manta y con esto los viajeros podían hacer atol o el posol sabroso que era infaltable al campesino de Yulwitz. Éste es uno de los métodos más importantes para preservar la comida que los habitantes de Yulwitz habían heredado de sus antepasados los mayas.

Las mujeres trabajaron de día y de noche haciendo mucho bastimento para sus maridos. Después de tres días de haber comenzado los preparativos, los hombres estaban listos para aquel viaje largo y desconocido .

—Buenas noches, míster, dijo Koxkoreto, llegando al cuarto de Mr. Puttison.

—¡Hola, Koxkoreto! ¿Tú también te vas con la cuadrilla,

eh?

—Sí, míster. Todos los hombres fuertes deben ir y sólo quedarán los viejos y los niños, y por supuesto Xhuxh Antil por ser la autoridad de Yulwitz.

—Oh, esto es muy triste, amigo. Tendrán que abandonar a sus familias por mucho tiempo y trabajar en algún lugar distante y desconocido.

—Sí, míster, pero lo más triste es que tendremos que abandonar también nuestros cultivos, especialmente en este tiempo de *aq'in*, época en que la milpa necesita de nuestro cuido para la primera limpia. Cuando nosotros volvamos, nuestras milpas ya no servirán porque las matas de maíz se habrán asfixiado por el monte y los bejucos.

—¿Cuándo saldrán de viaje ustedes?

—Pasado mañana, por la tarde, míster. Tendremos que pasar la primera noche en *Hoyom*, Todos Santos, donde nos uniremos a otros grupos, tales como los q'anjob'ales, mames y chujes que también irán a la costa a hacer el trabajo forzoso como nosotros.

—¿Tendrás entonces tiempo para dar un paseo conmigo en las afueras mañana?

—No sé, míster, mañana tengo que instruir a unos viejos que se encargarán de rezar el rosario en mi ausencia, por eso vengo ahora a despedirme y no sé si nos volveremos a ver otra vez.

—Oh, no te apenes, amigo Koxkoreto. Seguramente nos volveremos a ver. Un mes pasa rápido y además yo estaré ausente también durante ese tiempo. Iré de viaje a la capital de Guatemala, y quizá a mi propio país.

—¿Cuando piensa usted viajar, míster?

—Estoy pensando viajar junto con ustedes.

—Oh, qué alegría, entonces nos iremos juntos, míster, dijo Koxkoreto mientras se ponía el sombrero.

De esta forma Koxkoreto se despidió del gringo con un poco de tristeza que luego disimuló, abandonando la estancia. Las visitas de despedida al gringo se sucedieron una tras otra, y así, Xhuxh Antil también llegó a hacer lo mismo.

—Adelante, Xhuxh Antil, le dijo el gringo cuando lo vio asomarse por la puerta del cuartito.

—Buenas noches, míster, saludó cortésmente.

—Buenas noches, Xhuxh. ¿Tu también vienes a despedirte?

—Sí, míster, los señores me han pedido que los acompañe y que los presente hasta la Intendencia de Huehuetenango. De allí me regresaré y esto me llevará una semana completa fuera de Yulwitz.

—¿A dónde irás mañana?

—Iré a traer más leña para la casa.

¿Podrías entonces acompañarme a un largo paseo fuera de la comunidad?

—Claro que sí, míster. De regreso traeré mi leña.

—Muy bien, muy bien; entonces posiblemente visitemos las cuevas que me has mencionado, especialmente... El gringo se quedó pensando, y como no podía recordar el nombre del lugar, acudió a su libro de notas donde leyó el nombre. —En la cueva o la sima de Smuxuk Witz. ¿Está bien?

—Claro que sí, míster; no veo algún inconveniente para mostrarle a usted esa extraña cueva

—*Okey*, Xhuxh, entonces mañana saldremos temprano.

—Sí, míster, así podremos también regresar temprano.

Esa misma noche, Mr. Puttison le pidió a Pel Echem que le prestara unas reatas para el paseo. Pel Echem, que también se preparaba para el viaje hacia la construcción de los caminos, le mostró al gringo varios lazos colgados de un travesaño en el corredor. Mr. Puttison bajó dos de los lazos más gruesos y más largos y los guardó dentro del matate. Por la noche, recordó claramente todas las palabras que Xhuxh Antil le había dicho cuando estaban tomando cusha en casa del viejo Lopin: "Allí, dicen que se guarda el tesoro del antiguo rey de aquí, y otros dicen que allí están guardados sesenta almudes de plata que escondieron nuestros antepasados..."

Muy temprano, antes de que el sol saliera, Xhuxh Antil llegó a llamar a Dudley para que salieran pronto a dar el largo paseo a la enorme sima de Smuxuk Witz. El gringo iba muy contento llevando en su matate los lazos, un cuchillo con vaina, su linterna de mano y su almuerzo del día. Xhuxh Antil caminaba a su lado con una cerbatana en las manos y en su matate llevaba una bola de posol, su jícara, sus lazos y un tecomate de agua. Mientras caminaban, Xhuxh Antil descubrió un guayabo donde comían bulliciosas varias chachalacas. Xhuxh Antil se detuvo a preparar los bodoques para la cerbatana.

—Espere un momento, míster, voy a tirarle a estos pájaros. Diciendo esto, Xhuxh Antil puso el matate en el suelo y sacó de otra bolsita muchos bodoques que había redondeado y refinado con un casquillo de las balas usadas por Pel Echem.

Xhuxh Antil puso el bodoque redondo y pesado sobre los labios y levantó la cerbatana al aire apuntando a una de las chachalacas más cercanas. Cuando la tuvo en el punto de mira de la cerbatana, Xhuxh Antil sopló el bodoque suavemente dentro del tubo de madera para comprobar su movilidad. Luego afinó más la puntería mirando sobre la recta cerbatana un pequeño punto de cera sobre el cual tenía una semilla roja de miche, a manera de punto de mira. Todo esto fue tan rápido que Xhuxh Antil sopló con todas sus fuerzas y el bodoque salió como bala pegando el pecho de la chachalaca que cayó al suelo aleteando, ya moribunda. En ese mismo instante las demás chachalacas de la bandada volaron alborotadas en diferentes direcciones. Contento por haber acertado, Xhuxh Antil corrió presuroso a levantar la chachalaca del suelo y la mostró a Mr. Puttison.

—Oh, muy buena puntería, amigo, dijo el gringo, mientras sacaba el bodoque dentro del buche del pájaro que había sido perforado por aquel impacto certero.

Xhuxh Antil se sonrió y luego remojó el dedo con la sangre caliente del pájaro y la embarró en el otro extremo de la cerbatana.

—Es un secreto míster; esto hará que yo sea siempre un buen tirador.

Mr. Puttison se sonrió. Hasta las acciones más sencillas tenían una explicación profunda por parte de los cazadores de Yulwitz. Aunque eso sí, el gringo demostró mucha admiración por la habilidad de Xhuxh Antil en el uso de la cerbatana. Poco tiempo más caminaron y llegaron al lugar deseado.

—Ésta es la sima de Smuxuk Witz, míster, dijo Xhuxh Antil cuando llegaron a la boca circular de una enorme sima de donde salía un fresco viento que movía las hojas de las plantas que había en su orilla.

—¿Va a bajar usted, míster?, preguntó Xhuxh Antil al ver que el gringo preparaba sus lazos.

—Oh, claro que sí, amigo. Mi interés es explorar lo desconocido.

—Pero, míster, la gente dice que esta sima no tiene fondo y por eso los antepasados la escogieron para esconder sus tesoros de los ambiciosos conquistadores.

—No te preocupes, ya veré dónde está su fondo, dijo el gringo, amarrando la punta de la reata en un grueso palo de malacate que había crecido a orillas de la sima.

—¿Quieres bajar conmigo?, preguntó el gringo.

—No, míster, me quedaré a cuidar los matates y a ver si el nudo no se desata del árbol. Muchas veces el demonio desata los lazos cuando alguien baja a las simas o entra a las cuevas. No conviene pues que bajemos los dos a ese hoyo.

—*Okey*, amigo, espérame aquí entonces mientras vuelvo.

El gringo se amarró el otro extremo del lazo a la cintura y comenzó a descender cuidadosamente por las paredes verticales de la sima. Mientras tanto Xhuxh Antil, quien se había quedado sentado a orillas de la sima veía cómo se movía el lazo hasta que por fin, todo quedó quieto. Pasaron varios minutos y no se escuchó ningún ruido. Entonces, y como se lo había prometido al gringo, Xhuxh Antil se levantaba a cada rato a cerciorarse si el lazo seguía bien amarrado al árbol de malacate. Temía de que por arte de magia se desatara el lazo, quedando su amigo perdido para siempre en el seno de la tierra.

Al ver que todo estaba en su lugar, Xhuxh Antil prefirió tomar su posol. Buscó una pequeña rama de *sanikte'* e hizo un molinillo o *chukul* como lo llamaban en Yulwitz, para batir la masa con el agua dentro de su jícara. Estaba terminando su posol cuando vio que el lazo comenzó a moverse. Xhuxh Antil se acercó a la boca circular de la sima y le gritó a su amigo:

—Suba con cuidado, míster, el lazo está bien amarrado.

El eco de su voz se multiplicó mil veces dentro de la sima, pero el gringo no respondió. Al cabo de media hora más, Mr. Puttison ascendió por el lazo, jadeante y sudoroso hasta salir de la sima sin el menor rasguño.

—¿Descubrió algo, míster?

Visiblemente emocionado el gringo respondió.

—¡Maravilloso, maravilloso!

—¿Pero.. llegó usted al fondo, míster?

—Sí, Xhuxh Antil, pero la próxima vez necesitaré más ayuda.

Sin prestarle mayor atención a las emocionadas palabras

del gringo, Xhuxh Antil le preguntó si deseaba tomar agua. El gringo recibió el tecomate de agua y bebió grandes tragos para saciar su sed. Después de relajarse, le dijo a Xhuxh Antil.

—Amigo, este paseo ha sido maravilloso y me siento muy contento. Ahora puedes cortar la leña que necesitas para que podamos volver pronto a casa.

A Xhuxh Antil no le costó encontrar leña seca en el bosque y muy pronto reunió un buen tercio. El gringo lo ayudó a levantar el tercio de leña del suelo y echarlo sobre la espalda de Xhuxh Antil, quien comenzó a trotar bajo su carga con rumbo a la comunidad.

Al entrar a la comunidad escucharon que la marimba estaba tocando alegremente y varios gritos de borrachos se mezclaban con los sones ancestrales que invitaban a una fiesta inevitable. En Yulwitz, como en cualquier otra comunidad, siempre hay tres o cuatro personas que les gusta el aguardiente y que utilizan cualquier pretexto, alegría o tristeza, para emborracharse.

—Oh, parece que hay una fiesta de despedida para los que partirán mañana, dijo el gringo.

—Sí, míster, siempre hay tristeza cuando se deja la casa por largo tiempo. Algunos yulwitzeños son así, se emborrachan y bailan antes de salir de viaje a las fincas de la costa sur o de Tapachula, en territorio mexicano. Esto lo hacen, no por alegría, sino por la tristeza de alejarse de su comunidad y dejar a la familia desamparada. Los que se quedan sufren por falta del apoyo del marido, y los que se van también sufren enfermedades y el mal trato en las fincas. Ausentarse de la comunidad ha sido siempre un motivo de tristeza para los habitantes de Yulwitz.

—Me da mucha pena verlos sufrir, ojalá esta situación de dominación se termine algún día. Me he dado cuenta que todos los indios en este país sufren de igual forma en todas partes.

—Sí, míster, pero lo peor es que ellos se ausentarán esta vez, no para ir a ganar algunos centavos por su trabajo sino porque han sido forzados a trabajar gratuitamente en la construcción de esos caminos en la costa sur.

—De todos modos, la música de marimba me recuerda el momento cuando me asomé por primera vez a esta comunidad.

—Es la costumbre, míster. Aquí los marimbistas tocan gratuitamente cuando quieren alegrar a la comunidad.

Xhuxh Antil fue a dejar su tercio de leña y pronto se juntó con Mr. Puttison al pie de la ceiba donde tocaban la marimba. Sentados sobre las abultadas raíces del árbol, escuchaban los sones y miraban complacidos a los que bailaban en círculos, apareados.

—Qué lástima que haya tanto lodo, dijo el gringo, al ver que a los hombres que bailaban descalzos, les llegaba el lodo hasta los tobillos. Xhuxh Antil le respondió.

—Para los que bailan y los que están borrachos, el lodo no es ningún obstáculo. Mire usted a don Lamun; allí está gritando y saltando al compás de la marimba.

El viejo Lamun se quitó el sombrerito de paja y gritaba como un desesperado:

—¡*Ayayaya, ayayaya, mataj yet ewi, matajpax tinanh!*

De vez en cuando levantaba el pie derecho y lo sacudía como si se le fuera a paralizar. La forma graciosa de bailar del viejo Lamun producía risotadas entre los mirones. En una de tantas, Lamun se resbaló entre el lodo y cayó aparatosamente al suelo. Con alguna dificultad se puso de pie y siguió bailando tratando de entretener al público que lo observaba alegremente.

—¡Jo, jo, jo!, se rió el gringo. También Xhuxh Antil se rió al ver que el viejo había quedado completamente embarrado de lodo.

—¿Qué es lo que dice el viejo Lamun cuando grita?, preguntó Mr. Puttison.

—Lo que Lamun dice no se puede traducir fácilmente. El se queja del destino y del tiempo que pasa. Muy vagamente, lo que él quiere decir es que los tiempos pasados no volverán.

—Oh, qué viejo más feliz; a pesar de su edad, sigue gozando como un joven y no parece que los años le cansen. ¿Y tú, Xhuxh Antil, quieres tomar cusha conmigo ahora?

—Claro que sí, míster, si usted invita.

El gringo le dio el dinero a Xhuxh Antil, quien de inmediato corrió a comprar un litro de cusha en la vecindad. Como a los quince minutos regresó con el litro en la mano.

—Vénganse los amigos que quieran tomar, gritó el gringo a los hombres que se hallaban parados junto a ellos.

Xhuxh Antil y el viejo Lamun fueron los primeros en sentarse al lado del gringo. Entre todos no tardaron en vaciar el contenido de la botella y Xhuxh Antil fue a traer más. Mientras tanto la fiesta comenzó a avivarse. Los hombres bailaban dando gritos de alegría o de tristeza, mientras los que estaban borrachos se caían y se levantaban escupiendo al suelo sus sentimientos aprisionados por muchos siglos.

—Oye, Xhuxh Antil, dijo el gringo desviando la atención de su amigo que estaba fija en los que bailaban.

—Diga usted, míster.

—Crees tú que la gente de Yulwitz esté enojada conmigo?

—Pues yo creo que no, míster. ¿Por qué me lo pregunta?

—Porque la última vez dije algunas cosas que les ofendió y muchos se enojaron de mí. Ahora quisiera compartir con todos este momento de alegría o de tristeza que están viviendo. Me da pena verlos sufrir.

—¿Y cómo piensa compartir con la gente, míster?

—Yo he juntado muchas monedas durante mi viaje y

quisiera deshacerme de ellas. Ve a traer el morral cerca de mi cama donde guardo esas monedas. Rápido, amigo, te estaré esperando aquí.

—Voy volando, míster, dijo Xhuxh Antil.

A los pocos minutos regresó Xhuxh Antil con el morral lleno de monedas de medio centavo, de un centavo y otras de más valor.

—Muy bien, dijo el gringo ya borracho. —Yo bailaré entre la gente y tiraré monedas al aire. Así me divertiré mucho con ellos.

Diciendo esto, se echó el morral bajo el brazo y comenzó a danzar como lo hacían los bailadores; aunque las largas piernas le impedían girar como lo hacía el viejo Lamun. Dio tres o cuatro vueltas y de pronto sorprendió a todos con aquel anuncio.

—Queridos amigos, aquí en este morral traigo muchas monedas, las tiraré entre el público para que todos tengan oportunidad de recoger las que puedan. ¿Entendidos?

—Sí, don gringo, respondieron todos.

—Uno, dos, y tres... ¡allí va!, dijo el gringo, aventando las monedas en diferentes direcciones. Los más afortunados fueron los niños, quienes sin titubear se tiraron al suelo a pepenar las monedas. Para ellos era como recoger golosinas al romperse una piñata.

—¡Más, don gringo! ¡Más, don gringo!, gritaban mientras se revolcaban entre el lodo buscando monedas. —Más, don gringo, repetían también los borrachos quienes no lograban orientarse hacia las monedas.

El gringo siguió lanzando monedas al aire y cuando terminó de tirar el último centavo, muy satisfecho volvió a gritarle a los presentes.

—Tomen, llévense las monedas. ¡Ésta es la amistad que les ofrece Dudley Puttison!

Mr. Puttison bailó unos sones más y luego se retiró con Xhuxh Antil a platicar con otros amigos en el asiento de la ceiba. Allí se pasaron toda la tarde hasta que los marimbistas se cansaron de tocar y terminó la música. Aquella fiesta de despedida había sido muy breve y poco a poco se retiraron a sus casas a descansar. Los más negligentes fueron los jóvenes quienes no querían dejar a sus novias y se pasaron la noche cantando en Popb'al Ti', sus canciones de despedida.

Al fin llegó el día señalado en que los hombres tendrían que viajar en cumplimiento de la orden del gobierno. Las mujeres se levantaron temprano y los hombres por su parte hacían algunos últimos remiendos en los techos de paja de sus casas para proteger a sus familias de las lluvias y los vientos impetuosos de esta región de los Cuchumatanes.

Mr. Puttison también preparó su maleta y con una voz casi entrecortada se despidió de Pel Echem y de Usep Pel. El gringo les dio algunos regalos como agradecimiento por la posada que tan amablemente le dispensaron en Yulwitz. Por último Mr. Puttison pidió a Usep Pel que le guardara algunos cosas que dejaba, porque pensaba regresar pronto. Así, esa tarde los hombres de Yulwitz se despidieron de sus familiares y abandonaron el poblado. Detrás de ellos iba Mr. Puttison con su maleta a cuestas, tal como lo vieron llegar por primera vez a la comunidad.

WITZ, EL DUEÑO DEL CERRO

Xhuxh Antil llegó al pueblo de Niman Konhob' para reportar al alcalde municipal que tenía que ausentarse de Yulwitz por unos días, pues debía ir a presentar a la cuadrilla de su comunidad al Intendente Departamental de Huehuetenango. Cuando el secretario municipal supo que Xhuxh Antil y su grupo iban a viajar a pie hasta Huehuetenango, se puso muy contento, pues él también estaba por retirarse del pueblo con su familia por un traslado de trabajo. Abusando de su autoridad, el secretario le obligó a Xhuxh Antil a que llevara cargado a uno de sus hijos hasta la ciudad de Huehuetenango. En los pueblos indígenas de esta región los ladinos siempre han acostumbrado ordenar a los indígenas a cargar sus maletas de una lugar a otro sin remuneración. Eso de servir de cargadores se había vuelto una costumbre para las autoridades ladinas de estos pueblos, pues valiéndose de su posición y conectes políticos, podían forzar a los indígenas a servirles como esclavos. Don Cheremías, que así se llamaba el secretario, se trasladaba a otro lugar después de diez años de trabajo en Niman Konhob'. Durante este tiempo el señor secretario se había enriquecido por las mordidas que le sacaba a la gente antes de arreglarles sus asuntos. Todos los habitantes de Yulwitz y Niman Konhob' sabían que don Cheremías era un hombre muy astuto, pues decía tener muy buenas relaciones con el gobierno y podía mandar a la cárcel a cualquier persona con sus temibles escritos, de güisache.

Por temor, Xhuxh Antil aceptó llevarse a cuestas al hijo del secretario. Los únicos que iban montados a caballo eran el secretario y su esposa, pues solamente pudieron alquilar dos caballos en el pueblo. A Mr. Puttison, por ser extranjero también le ofrecieron una montura, pero prefirió esta vez caminar a pie junto con los señores de Yulwitz.

Durante el viaje que duró tres días, el niño travieso de unos cinco años de edad, que Xhuxh Antil llevaba cargado iba molestando por todo el camino, a veces botando al suelo el sombrero de Xhuxh Antil o escupiéndole atrás de las orejas. Xhuxh Antil tuvo que aguantar dichas travesuras hasta que llegaron a Chinab'ul, Huehuetenango, donde don Cheremías recibió a su hijo sin agradecer los servicios de Xhuxh Antil. Al contrario, el secretario avisó a los empleados de correos que Xhuxh Antil iba de regreso a Niman Konhob' y que si había correspondencia acumulada, él la llevaría a su destino. Así fue que sin consultarle, Xhuxh Antil fue conducido a la oficina de correos y allí le entregaron varios paquetes que debía llevar a Niman Konhob'. Xhuxh Antil se indignó por el mal trato, pero no dijo nada. Otra vez pudo comprobar que para los ladinos, los indígenas son como burros que aguantan todo, sin paga y sin agradecimiento alguno. Después de presentar a su gente a la Intendencia y despedirse de Mr. Puttison, Xhuxh Antil regresó a su lejana comunidad. Esta vez tendría que caminar sólo por aquellos agrestes caminos de herradura; ya que en aquel entonces no existían carreteras que unieran a estos pueblos de los Cuchumatanes. Los caballos que había llevado don Cheremías a Huehuetenango, servirían para transportar a Niman Konhob' al substituto del secretario.

Al cabo de seis días de ausencia, Xhuxh Antil llegó a la comunidad de Yulwitz y todas las personas se le acercaron a preguntar cómo habían llegado a Chinab'ul los demás hombres de la cuadrilla. Xhuxh Antil les avisó que los habían integrado a otros grupos y que deberían caminar otros dos o tres días para llegar al lugar de las obras que se realizaban allá en Xelawub', Quetzaltenango.

Con la ausencia de la mayoría de los hombres en la comunidad, Xhuxh Antil se sintió más relajado y con menos compromisos en su cabildo. La comunidad se sintió vacía y desolada por la ausencia de los hombres. Los ancianos eran los únicos que transitaban las calles de Yulwitz para ir a sus trabajos de la milpa. Los perros también aullaban de noche con más insistencia como dolidos por la ausencia de sus amos. Por su parte, las mujeres de Yulwitz tuvieron más trabajo que de costumbre, pues tuvieron que hacer trabajos pesados que por lo general correspondía a los hombres. Además de sus quehaceres domésticos y la tejeduría, se dedicaron a acarrear leña y maíz cuando se les acabó lo que los hombres habían amontonado en casa antes de partir.

De esta forma las mujeres enfrentaron a su modo los problemas diarios con toda serenidad. Cierto día cuando Usep Pel fue a traer maíz a la troje de su esposo Pel Echem, ella se encontró con una gran culebra *cheh kan* enroscada sobre las mazorcas. Usep Pel tuvo mucho miedo al ver la culebra, que le impedía sacar las mazorcas de la troje y pensó que la culebra podría ser una mala señal. De inmediato comenzó a tirarle olotes a la culebra, pero ésta no se movía de su lugar. En Yulwitz hay muchas clases de culebras, unas venenosas y otras inofensivas, pero Usep Pel no estaba familiarizada con las culebras y no podía distinguir las venenosas de las no venenosas. Entonces, al ver que la culebra no se iba, Usep Pel decidió ahuyentarla con el método que su madre le había enseñado mucho tiempo atrás. Se arrancó algunos pelos de la cabeza y los enrrolló a un olote, mientras le hablaba a la culebra:

—No podrás asustarme o ganarme el valor; en cambio, yo te dominaré con esto.

Diciendo esto, Usep Pel tiró el olote con el pelo enrollado sobre la culebra. Cuando el olote cayó sobre la culebra, ésta se desenrrolló rápidamente y comenzó a deslizarse fuera de la troje. De esta forma la troje quedó libre para que Usep Pel llenara su red de maíz y se regresara a casa más tranquila. Esto, según Usep Pel, sucedió exactamente a medio día, la hora en que ocurren las desgracias o lo que en Yulwitz se le llama "la mala hora".

Las pobres mujeres de Yulwitz comenzaron a sufrir más por la ausencia de sus maridos. Algunas continuaron limpiando la milpa abandonada y otras, las más pobres, descuidaron la milpa y se dedicaron a buscar trabajo como lavar ropa y acarrear agua para las familias más pudientes y poder mantener a sus hijos. Una de estas mujeres que sufría extrema pobreza era Petlon, la esposa de Koxkoreto. Petlon a veces lloraba cuando no tenía nada para darle de comer a sus hijos. Su familia era muy pobre, porque Koxkoreto perdía muchos días como catequista, sirviendo gratuitamente a la comunidad. Como a los veinte días de ausentarse los hombres, Petlon comenzó a enfermarse poco a poco y el cuerpo comenzó a hincharse. Ya no quería salir de su casa y mantenía la puerta cerrada, como temerosa de que alguien entrara a sacarla por la fuerza. Los vecinos comenzaron a preocuparse por su extraña actitud y le dijeron a Xhuxh Antil que fuera a verla de inmediato. Xhuxh Antil llegó a la casa de Petlon y muy preocupado le pidió que le contara sinceramente lo que le estaba pasando. Confiando en Xhuxh Antil, Petlon comenzó a relatar lo que le sucedió esa vez cuando fue sola a buscar leña en el robledo al pie del cerro Yaxb'atz.

—Estaba yo amarrando mi tercio de leña, cuando un hombre montado a caballo y de apariencia ladina y muy rico se me acercó, diciendo:

—Siempre te he visto triste y por eso me he detenido ahora para preguntarte por qué lloras tanto.

—Porque mi marido se ha ausentado y porque no tengo dinero para mantener a mis hijos, le respondí.

—Pobre de tí, mujer; siento mucho tu tristeza, dijo el hombre, acercándose más donde yo estaba amarrando la leña. En ese momento me di cuenta que eran las doce del día, o sea, la mala hora en que el diablo se pasea libremente. Entonces supuse que aquel extraño hombre podría ser Witz, el dueño del cerro quien me estaba controlando. Según las historias que se cuentan en Yulwitz, la gente sabe que Witz ofrece dinero a los que se lo piden. Pero en este caso yo no le estaba pidiendo dinero a nadie, simplemente me dieron ganas de llorar y desahogar mis penas mientras me encontraba sola en el bosque. Aquel hombre ladino desmontó su caballo y se me acercó más para tratar de consolarme.

—Ya no llores por falta de dinero. Sígueme y te mostraré dónde tengo escondido mucho dinero para ti. Todo será tuyo y ya no pasarás penas si aceptas mi oferta.

—No acepto, señor. Yo estoy acostumbrada a vivir pobremente y no es el dinero el que ando buscando ahora, le respondí.

—No desperdicies esta gran oportunidad. Allá a orillas del camino dejaré una ramita señalando el lugar donde debes escarbar y sacar todo ese dinero que quiero que poseas. He reservado este regalo solamente para ti.

—Después de decir esto, el extraño hombre volvió a montar su caballo y siguió su camino. Muy asustada, cargué mi tercio de leña y me vine a casa corriendo. Desde entonces tengo miedo y no quiero salir de mi casa.

Xhuxh Antil se preocupó por la salud de Petlon y le dijo que era necesario acudir a un curandero. Mientras tanto las comadres de Petlon supieron de aquel suceso por medio de Xhuxh Antil y entonces comenzaron a dar su opinión al respecto. Algunas decían que habría sido mejor aceptar el dinero y salir de su pobreza; pero la mayoría la felicitaban por haber tenido el valor de rechazar el ofrecimiento del dueño del cerro, que ha sido la perdición de muchos. Witz, o el dueño del cerro es el ser más rico que hay sobre la tierra y guarda su riqueza dentro de los cerros y las montañas, según la creencia de la gente. El que recibe dinero o riquezas de Witz, vende también su alma a cambio de ello; y esta riqueza mal habida no es duradera y desaparece cuando la persona que lo ha aceptado muere. Por suerte, Petlon era muy religiosa como su esposo Koxkoreto y por eso resistió la tentación.

Desde la ausencia de la mayoría de los hombres del poblado, parecía que las cosas malas o las tentaciones, como decía la gente, se habían acercado demasiado a orillas de la comunidad. Uno de estos malos augurios fue anunciado por el anciano Lamun. El viejo anunció haber visto una culebra coral cruzando su camino en el momento en que el sol estaba por hundirse detrás del horizonte. Por eso, cuando llegó a su casa se sintió muy triste y preocupado. Don Lamun era un buen intérprete de los sueños, apariciones y augurios, y por eso estaba seguro que sus días estaban por culminar sobre la tierra, como el sol que desciende detrás de las montañas. Para él, la culebra coral que se cruzó en su camino al caer la tarde era el anuncio de la muerte. Entristecido por este augurio, el anciano Lamun comenzó a emborracharse con más frecuencia, pensando que el final de sus días se acercaba.

Otra de las cosas que comenzó a causar confusión entre las personas de Yulwitz fueron los relatos sobre fantasmas que las mujeres comentaban entre sí. Incluso, algunas aseguraban haber visto a Witz, el dueño del cerro, a quien veían cruzar la comunidad a altas horas de la noche. Algunas personas como

Xhuxh Antil trataban de explicar la presencia de aquel extraño personaje como algo natural. Era según ellos, algún ladino de los que viven lejos en las haciendas fronterizas con México, quien transitaba a pie por aquellos aislados caminos de Yulwitz. Pero lo extraño era que aquel personaje pasaba por la comunidad con tanta frecuencia y a esa misma hora, pasada la media noche.

Durante una noche de luna llena, los perros de la comunidad comenzaron a latir al pie del cerro, allá en las afueras del poblado. La gente de Yulwitz sabía diferenciar los ladridos de los perros cuando le ladran a una persona o cuando le ladran a un animal. Además, por la forma peculiar de los ladridos, la gente también sabía cuándo le estaban ladrando a un armadillo, a otro perro, a un espanto, a Witz o al *tiltik*, que es el gigante que roba gente en los caminos. Esa noche, los ladridos de los perros daban a entender que era Witz, el dueño del cerro a quien perseguían. Eran las doce y media de la noche cuando sucedió esto y por eso sólo los que estaban despiertos a ésa hora se dieron cuenta. A través de los cercos de sus jacales algunas mujeres vieron pasar a aquel hombre alto, que vestía una chaqueta negra y que caminaba con pasos apresurados. Los perros lo seguían de cerca, pero no se atrevían a morderlo, pues era como si los pies de aquel misterioso personaje no tocaran el suelo al caminar. Cuando los perros estaban por prendérsele las pantorillas, el hombre sacudía con fuerza su chaqueta negra, aventando lejos a los perros con el sólo hecho de sacudir la chaqueta. Así, despreocupadamente cruzó toda la calle central hasta salir del poblado, donde los perros dejaron de perseguirlo. Toda la gente de Yulwitz comenzó a creer que era Witz el que se asomaba a la comunidad a esas horas de la noche. Incluso, el anciano Lopin decía:

—Quizá Witz esté enojado con los habitantes de Yulwitz,

porque nadie ha querido aceptar su riqueza.

Ocho días después del paseo del dueño del cerro por las calles de Yulwitz, algo inesperado sucedió. La esposa y las hijas de Lamun comenzaron a alarmar a sus vecinas diciendo que el anciano Lamun no había vuelto a casa desde el día anterior después de un paseo que dijo, iría a dar al robledo en busca de leña. Al escuchar esta noticia, Xhuxh Antil reunió a varios voluntarios entre hombres y mujeres, quienes lo acompañaron para ir a buscar al desaparecido. El grupo de rescate se encaminó hacia el robledo donde la esposa y las hijas de Lamun habían asegurado que el viejo se había ido. Como a una hora de estar buscando, un grupo de jóvenes que seguía los rastros del viejo dieron el grito de alarma, avisando que habían encontrado únicamente el sombrero del anciano. Todos los demás que buscaban, se reunieron en el punto donde encontraron el sombrero, a orillas de una sima. Seguramente el viejo se había resbalado, pues se veían las ramas rotas de los arbustos donde su cuerpo rodó hasta caer dentro de aquella sima. Uno de los jóvenes más hábiles bajó a la sima y al localizar el cadáver dio el aviso que bajaran otros a ayudarlo. Al descubrir que el viejito estaba muerto, su esposa y sus hijas comenzaron a llorar, mientras Xhuxh Antil envió a un mensajero a llamar una comisión de la municipalidad de Niman Konhob' para levantar el cuerpo del anciano y establecer los hechos en el lugar del accidente. La comisión llegó esa misma tarde y el secretario que los acompañaba levantó el acta de defunción. Mientras tanto, en casa del difunto se había reunido mucha gente y algunos traían algo de maíz y frijol, pues se acostumbraba dar de comer a la gente que atendía el velorio. Al anochecer los pocos hombres que atendían el velorio, la mayoría jovencitos, se habían reunido en el corredor de la casa a contar chistes mientras los familiares del muerto lloraban dentro de la casa desconsoladamente. A intervalos constantes, Kux Ahawis pasaba a repartir cigarrillos de tuza, mientras Xhuxh Antil repartía moderadamente copas de cusha para ahuyentar el sueño de los presentes.

Entre los contadores de cuentos estaba Lopin quien contaba relatos antiguos o aventuras de los antepasados. Es costumbre en Yulwitz contar cuentos cuando alguien muere, pues así se le da compañía a los dolidos familiares del muerto. En esos momentos Lopin tenía la palabra y mantenía cautivado al grupo con el siguiente relato.

—Viajar a Xeq'a' o a Chinab'ul en aquel tiempo era muy peligroso. Había que cuidarse en la montaña de los coyotes, de los ladrones y más que todo del *tiltik*, quien robaba a la gente que transitaba sola en los caminos. Les voy a contar lo que le sucedió a un joven *komam-komi'*, quien viajaba a Xeq'a' llevando un correo al presidente. Como ustedes saben, un *komam-komi'* es como padre y madre, pues Dios ha dejado protectores de sus hijos sobre la tierra. Éstos son humanos que viven entre nosotros pero tienen poderes sobrenaturales. Los *komam-komi'* son protectores y deben utilizar su poder solo para hacer el bien. Al llegar a Xeq'a, el joven *komam-komi'* se presentó a una casa grande y el dueño de aquella mansión salió a preguntarle:

—¿Hace cuánto tiempo que llegaste aquí?

—Hace dos días, respondió el joven.

—¿Dónde pensás pasar esta noche?

—No sé dónde; no conozco a nadie aquí.

—Te voy a dar una nota para que vayás a dormir en casa de un amigo mío.

—Está bien, respondió el joven.

Cuando el joven *komam-komi'* llegó a la casa del hombre rico que le habían recomendado, se encontró con un hombre pobre quién estaba allí pidiendo el trabajo de *tiltik* al dueño de la casa.

—Vení a verme a las ocho de la noche, le dijo el rico al hombre pobre.

—Muy bien, vendré a esa hora, aceptó el que buscaba trabajo.

Cuando llegó la hora señalada, el pobre se presentó nuevamente en casa del rico diciendo:

—Ya vine, señor.

Mientras los dos hombres hablaban, el joven *komam-komi'* estaba acostado en el corredor y fingía estar dormido profundamente. El rico le volvió a decir al que le pedía trabajo:

—Levantá estos dos quintales de plomo, un quintal en cada mano, y a ver si podés saltar mi casa tres veces.

El hombre salió al patio y con los dos quintales en las manos, comenzó a saltar la casa hasta completar las tres veces que exigía la prueba. Era evidente que no era un hombre cualquiera, sino un *komam-komi'* que estaba por utilizar sus fuerzas no para el bien sino para el mal.

—Muy bien, vos sos un hombre muy fuerte y te voy a dar el trabajo de *tiltik*. Debés cambiarte la ropa hoy mismo porque mañana comenzarás tu trabajo.

El joven *komam-komi'* escuchaba todo y miraba disimuladamente lo que los hombres decían y hacían. El rico le entregó al nuevo *tiltik* una ropa especial adornada con monedas brillantes; luego le dio un birrete rojo para complementar su traje negro con pequeñas rayas rojas en el pantalón. El nuevo *tiltik* comenzó a pasearse orgullosamente por el corredor de la casa, pateándole los pies al que dormía.

—No me molestés, porque estoy cansado. Gracias doy que este amable posadero me dio permiso para dormir aquí en el corredor, le dijo el *komam-komi'*.

—¿Ah, estás despierto entonces?, dijo el nuevo *tiltik*,

sorprendido.

—Sí, me desperté cuando me pisaste los pies.

—¿Cuando pensás regresar?, preguntó el *tiltik*.

—Mañana saldré a las cuatro de la mañana, dijo el *komam-komi'*.

—Yo también saldré mañana en busca de mi primera carga. El *tiltik* se refería a buscar su primera víctima, ya que robaba a las personas para alimentar a los animales de Witz, los cuales se dice que comen gente y cagan dinero.

—¿Nos vamos juntos?, preguntó el *tiltik*.

—Está bien, nos iremos juntos, dijo el joven *komam-komi'*.

El joven mensajero *komam-komi'* se levantó a las tres de la mañana y emprendió el viaje sin esperar al *tiltik*.

—Ah, este cabrón me dejó, dijo el *tiltik* cuando se dio cuenta que el joven mensajero ya se había ido. Muy enojado el *tiltik* se vistió con su nuevo traje y se vino velozmente a darle alcance al joven *komam-komi'*. En cada cruz a orillas del camino se detenía el *tiltik* a preguntar a qué horas había pasado el hombre. Las cruces le respondían que ya había pasado hace rato. Uno de los oficios de la cruz es contar y controlar a las personas que recorren los caminos a diario. Algunas veces, cuando se les suplica, pueden detener los peligros que quieran entrar a los poblados. Por eso a orillas de cada comunidad hay cruces como la que esta a la entrada de Yulwitz.

—¿A qué horas pasó un hombre aquí?, preguntó el *tiltik*.

—Hace muchas horas que pasó, le respondieron las cruces.

Así es que el *tiltik* siguió corriendo. Poco tiempo más tarde volvió a preguntar a la cruz solitaria allá en la punta del cerro de Hoyom, Todos Santos.

—¿A qué horas pasó un hombre por aquí?

—Hace ratitos que pasó por aquí, le respondió la cruz.

El joven *komam-komi'* estaba por llegar a las Tres Cruces de Nahab'taj, un lugar en la cumbre de los Cuchumatanes, cuando presintió que el *tiltik* ya le estaba dando alcance. Entonces el joven *komam-komi'* se escondió en un zanjón, un poco antes de llegar a las Tres Cruces. Al poco rato de esconderse llegó corriendo el *tiltik* y lo primero que hizo fue preguntarles a las tres cruces.

—A qué horas vieron pasar a un hombre por aquí? Las Tres Cruces respondieron:

—Aquí nadie ha pasado.

El *tiltik* regresó corriendo a preguntar otra vez a la cruz solitaria en la punta del cerro de Hoyom:

—¿Es cierto que pasó el hombre por aquí?

—Sí, pasó hace un rato, le respondió la cruz.

—Pero las Tres Cruces allá adelante dicen que no ha pasado nadie. La cruz respondió:

—Te repito que el hombre pasó hace un rato por aquí.

El *tiltik* volvió a buscar como perro en el tramo entre la cruz de la punta del cerro y las Tres Cruces de Nahab'taj, donde se perdían las huellas del joven *komam-komi'*. Al fin lo encontró.

—Ah, aquí estás; al fin te di alcance, dijo el *tiltik*.

—Sí, aquí estoy descansando, dijo el joven mensajero.

—¿Por qué no me esperaste?, preguntó enojado el *tiltik*.

—Porque tengo un viaje largo y preferí salir más temprano.

—Dame entonces algo de comer, ordenó el *tiltik*.

—No tengo nada que darte. —Tú debes darme a mí, porque sirves a un patrón muy rico.

El *tiltik* se enojó y agarrando al joven lo lanzó hacia arriba por el aire, como lo acostumbran hacer los *tiltik*. El joven que también sabía defenderse por ser un *komam-komi'*, cayó parado al suelo sin lastimarse. Luego, le dijo así al *tiltik*.

—Si quieres pleito conmigo, entonces lo tendrás. Diciendo esto, el joven *komam-komi'* lanzó al *tiltik* al aire, el cual cayó también parado. El *tiltik* pesaba mucho y el joven *komam-komi'*, que por primera vez utilizaba sus poderes, comenzó a debilitarse. Todas las veces que el *tiltik* lo lanzó al aire, el joven caía parado, demostrando con esto que también no era un hombre cualquiera, sino un *komam-komi'* o padre y madre, defensor del pueblo. A la tercera vez que el joven lanzó al pesado *tiltik* al aire, dio señales de auxilio a otros *komam-komi'*, quienes de inmediatamente llegaron convertidos en un viento huracanado. Entre todos los *komam-komi'* jugueteraron al *tiltik* y cuando quedó desmayado o muerto, lo transportaron por el aire y lo fueron a botar dentro de una sima allá por México.

El cuentista Lopin tosió al terminar su relato, mientras en esos momentos las mujeres pasaron a repartir café caliente a todos. Luego, uno tras otro, siguieron los viejos contando cuentos, mientras los jovenes escuchaban atentamente. Al llegar la media noche, todos los que estaban despiertos fueron llamados adentro de la casa a rezarle a las ánimas benditas, y luego comer frijoles con tortillas. Después del rezo y la comida, uno por uno se fueron alejando de la casa del muerto, quedando solas las hijas y la esposa del finado Lamun, quienes lloraban a gritos con sus voces roncas y las caras pegajosas por las lágrimas.

Al amanecer, Xhuxh Antil fue al cementerio de Yulwitz a seleccionar el espacio donde comenzaron a abrir un hoyo donde enterrarían el cuerpo del difunto Lamun. Mientras tanto, en casa de Lopin, el mejor amigo de Lamun, se fabricó una caja rústica de pino donde coloraron al muerto. Cuando el cuerpo estuvo expuesto en el féretro a media casa, Ewul, la viuda de Lamun comenzó a depositar dentro del ataúd el sombrero y algunas ropas que le pertenecían al muerto. Según las antiguas tradiciones de Yulwitz, Lamun debía llevar en su viaje al más allá, ropa limpia para poder salir de paseo como lo acostumbraba en esta vida. También su esposa depositó un pequeño machete dentro del ataúd, pues en la otra vida el hombre replica su vida y el trabajo que ha hecho en este mundo terrenal. Eran las tres de la tarde cuando se inició el entierro y cuatro hombres se echaron el féretro al hombro y se encaminaron lentamente al cementerio. En el momento en que depositaban la caja dentro del hoyo, don Lopin se acercó a cerciorarse si la posición del muerto era la correcta.

—Los adultos, decía el viejo, —según la costumbre de nuestros antepasados deben ser enterrados viendo hacia donde sale el sol, o con la cabeza hacia el poniente y los pies hacia el occidente. En cambio, los niños o los jóvenes, deben ser enterrados viendo hacia donde se oculta el sol, esto es, que los niños tienen todavía la vida por delante la cual deben todavía recorrer como el sol, de oriente a occidente.

Después de esta explicación, Lopin se acercó nuevamente a orillas de la fosa a botar dentro los lazos y el mecapal de Lamun, pues con estos instrumentos de trabajo Lamun no tendría problemas para iniciar su nueva vida allá en el Kamb'al, o el lugar de la muerte. Lopin siguió hablando:

—Lo que se hizo en esta primera vida se seguirá haciendo también en la otra vida; es por eso que junto al muerto deben ir sus cosas para que pueda acomodarse bien entre sus vecinos de la otra vida.

Al terminar de decir esto, Lopin levantó un puñado de tierra y lo aventó sobre el ataúd. Luego, pidió un momento de silencio y comenzó a despedirse del muerto, pidiendo paciencia y descanso para su alma:

Niman cha wute ha k'ul, Lamun
chonh hul hach janokan b'eti'an
hamti' ha tz'ayik ha waq'b'al
yuxin hakti' cha wa'leh,

yaj niman cha wute ha k'ul
meb'ail naj kach hulk'oj ha wila' sat yib'anh q'inal,
yaj niman cha wute ha k'ul
toh hakti' jekan sat yib'anh q'inal ti',
ch'ob'anonh chonh huli, ch'ob'anonh chonh paxi;
kaw niman xin cha wute ha k'ul, Lamun.

Las palabras de despedida habían sido muy sinceras, pues Lopin botó muchas lágrimas calientes sobre el ataúd de su amigo. Por su parte, Xhuxh Antil estaba pensativo y triste, y se decía a sí mismo:

—Si Mr. Puttison estuviera, también habría derramado lágrimas por su amigo Lamun, o al menos habría pedido que alguien le tradujera las palabras tan elocuentes de Lopin. Mentalmente, Xhuxh Antil comenzó a recordar y a reflexionar sobre las palabras de despedida de Lopin:

Tené paciencia de nosotros, Lamun
por venir a dejarte en este lugar,
pues esto ha sido tu destino;
por eso has muerto de esta forma.
También tené mucha paciencia
si has sufrido pobreza en este mundo,
pues la muerte emparejará a todos.
Desnudos venimos a este mundo
y desnudos hemos de regresar.
Tené pues mucha paciencia Lamun.

Cuando los enterradores terminaron de rellenar la fosa, la gente abandonó el lugar y se dirigieron a casa de Ewul, donde las mujeres siguieron llorando y a veces hablando, recordando anécdotas de la vida de Lamun. Así fue pues como Lamun recibió una sepultura apropiada según las costumbres y tradiciones de Yulwitz.

¡MARAVILLOSO, MARAVILLOSO!

Los días pasaron rápidamente y pronto se cumplió un mes de la ausencia de los hombres de Yulwitz. En la comunidad, las mujeres comenzaron a alegrarse al saber que los hombres pronto regresarían a sus hogares, de manera que la tristeza que envolvió a Yulwitz durante los días anteriores comenzó a disiparse.

Al fin llegó el día señalado del retorno de los hombres a Yulwitz y hubo alegría en todos los hogares, aunque los hombres parecían haber traído consigo un ambiente de dolor y desesperación. Algunos regresaron enfermos. Sus bastimentos se habían terminado antes del tiempo previsto y tuvieron que aguantar hambre al no tener lo suficiente para mantenerse fuertes y saludables en ese rudo trabajo de romper piedras y arrancar tierra con picos, palas y azadones. Todos se veían cansados y abatidos por aquel viaje indeseable que les había robado la salud y la tranquilidad de su hogar. ¡Cuánto deseaban que este tipo de trabajo forzoso no se repitiera jamás!, pero eran las leyes del gobierno las que los esclavizaba. Así regresaron pues, con las ropas desgastadas por el trabajo y sin dinero en los bolsillos.

Desde que los hombres regresaron a la comunidad, el curandero Kux Ahawis se vio muy ocupado curando con hierbas medicinales los diferentes malestares de que se quejaban los trabajadores. Para aumentar su angustia, los hombres se dieron cuenta que sus milpas también se estaban secando en el monte por falta de lluvias. Por todo esto, algunos maldijeron su suerte y estaban convencidos de que cuando la desgracia llega a una comunidad, ésta puede persistir hasta causar estragos en la misma.

Otra vez los hombres volvieron con paciencia a sus labores cotidianas; y de nuevo en Yulwitz volvió el bullicio de las marimbas, los tambores, el tun y la chirimía. A pesar de la pobreza que aquejaba a estas comunidades, la vida seguía siendo un encanto cuando había paz y tranquilidad.

Cierta tarde, cuando ya los habitantes de Yulwitz menos lo pensaban, se asomó de nuevo Mr. Puttison después de un largo tiempo de ausencia. Esta vez, el gringo de pelo rubio y ojos verdes llegó al poblado acompañado de dos paisanos suyos, quienes también se le parecían mucho por su estatura, su piel y el color de sus ojos. Esta vez, el vecindario les recibió sin mayores problemas, pues ya se habían familiarizado con Mr. Puttison. Xhuxh Antil y Koxkoreto se alegraron al ver de nuevo al gringo, aunque les sorprendió ver la presencia de dos extranjeros más en su comunidad. Los dos acompañantes de Mr. Puttison parecían no hablar el castellano y en sus rostros se reflejaba una gran seriedad o desconfianza, contraria a la actitud de Mr. Puttison. Cuando Mr. Puttison vio a sus amigos, aventó lejos el cigarro que estaba fumando y saludó jovialmente a sus dos amigos de Yulwitz.

—¡Hola, amigos!, ¿cómo están?

—Muy bien, míster, le respondieron.

—Es para mi una gran alegría estar de nuevo aquí en Yulwitz con ustedes.

—También para nosotros es un gran gusto verlo, míster. Bienvenido de nuevo a Yulwitz.

—Muchas gracias. Durante mi ausencia yo estuve pensando mucho en este pequeño pueblo y ahora estoy de vuelta para convivir con ustedes como siempre. Esta vez vengo acompañado de mis amigos Dave y Arthur, quienes son muy buenos exploradores.

—¿Y piensa usted tardar mucho tiempo entre nosotros?, preguntó Xhuxh Antil.

—Oh, esta vez me quedaré muy poco tiempo, pues mis amigos no quieren quedarse en un mismo lugar por mucho tiempo.

—¿Y dónde van a quedarse, míster?, volvió a preguntar Xhuxh Antil.

—Voy a quedarme con Pel Echem por de pronto y mis amigos dormirán en el corredor de tu cabildo, si esto no te molesta.

—Pueden dormir donde quieran, míster, no hay ningún inconveniente.

El gringo les habló a sus acompañantes en su propio idioma y luego se encaminaron a casa de Pel Echem.

—Usep Pel y Pel Echem, que sabían ya de su presencia en la comunidad, salieron muy contentos a recibirlo.

—¡Hola mis queridos amigos!, saludó el gringo desde lejos.

—¡Qué tal, don gringo!, respondió Usep Pel.

—Pase adelante, míster, ésta es su casa, agregó también Pel Echem.

Mr. Puttison puso su pequeña maleta en el corredor de la casa y con una gran sonrisa presentó a sus dos amigos.

—Aquí les presento a Dave y Arthur, o mejor dicho David y Arturo, quienes son paisanos míos.

Los dos extranjeros forzaron una breve sonrisa y le tendieron la mano a los esposos Usep y Pel Echem.

—Bienvenidos, señores, pasen adelante y descansen, volvió a repetir Pel Echem. Los tres extranjeros entraron a la casa de Pel Echem y se sentaron a descansar. Mientras tanto, Usep Pel comenzó a moler maíz para prepararles sus jícaras de posol, pero Mr. Puttison se anticipó diciendo que sus amigos no tomarían el posol, pues traían suficientes alimentos en sus maletas. Usep Pel reconoció que ésta había sido la actitud de Mr. Puttison cuando llegó por primera vez a la comunidad, de manera que no era raro que aquellos visitantes también rechazaran cualquier cosa que ella les ofreciera. Al cabo de un rato, todos salieron al patio y siguieron hablando.

—A ver, Pel Echem, cuéntame, ¿cómo van las cosas ahora aquí en Yulwitz?

—Muy mal, míster. La milpa se está secando y es seguro que tendremos que padecer hambre el próximo año por la falta de lluvias.

—¡Qué pena! Ojalá no suceda eso. Quizá comience a llover pronto para que los campesinos puedan recuperar algo de la milpa que se está secando.

—Eso esperamos, míster. Los rezadores, los *ahb'eh,* están rezando y pronosticando el futuro. Continuarán con sus rezos y ceremonias de petición de la lluvia hasta que caiga un fuerte aguacero.

—¿Y cómo regresaron los señores del trabajo de construcción de la carretera?

—Todos regresaron con vida, y aunque algunos regresaron enfermos, nadie murió, por la gracia de Dios.

—Me alegra saber que hayan regresado bien todos.

—Sí, míster, aunque hace algunos días murió el anciano Lamun. Nosotros no habíamos vuelto cuando esto sucedió, pero nos contaron que se había caído en una sima cuando fue a buscar leña y allí murió.

—Oh, ¡qué pena, pobre anciano amigo mío!, se lamentó el gringo.

Por la noche, el gringo se reunió con sus dos acompañantes en el corredor del cabildo y allí se presentaron todos sus amigos, especialmente Xhuxh Antil y Koxkoreto. Mientras tanto, y como era de esperarse, varios vecinos de Yulwitz estaban extrañados por la presencia de más extranjeros en la comunidad. Para evitar conflictos con el vecindario, Xhuxh Antil les anticipó que el gringo y sus acompañantes no se quedarían mucho tiempo en Yulwitz.

Así, pues, transcurrió el tiempo, entre bromas y risas, mientras hablaban de infinidad de cosas. De pronto el gringo se acordó de los ancianos Lopin y Kux Ahawis y los mandó a llamar. Lopin y Kux Ahawis se acercaron lentamente y saludaron al gringo quitándose el sombrero de la cabeza y agachando la frente.

—Siéntese, amigos, cuánto gusto me da verlos, dijo Mr. Puttison.

Los ancianos se limitaron a sonreír levemente y se sentaron sobre el escaño en el corredor del cabildo. De nuevo, los allí reunidos continuaron hablando, y esta vez la plática se centró en el viaje de los señores a ese lugar distante de Xelawub', Quetzaltenango.

—A ver, Koxkoreto y Pel Echem, cuéntenme las experiencias que tuvieron durante su viaje, preguntó el gringo.

—El trabajo fue muy difícil, míster, respondió Koxkoreto. —Allí había gente de diferentes lugares y con lenguas y trajes diferentes. A nosotros nos tocó trabajar al pie del volcán de Xelawub', Santa María, en Quetzaltenango. Había mucho frió, pero tuvimos que aguantarlo porque no llevábamos ropas suficientes o chamarras gruesas para taparnos durante las noches. Por todo lo que hemos sufrido, podemos asegurar que la construcción de esos caminos es como un castigo que pesa sobre todos los pueblos indígenas del país.

—No sólo eso, sino al peligro a que estábamos expuestos, intervino Pel Echem. —A veces mientras trabajábamos ocurrían derrumbes en los cerros sepultando a algunos hermanos nuestros de otras comunidades indígenas. Todos pensaban que era el cerro mismo o el volcán el que provocaba los derrumbes.

—¿Cómo provocaba el cerro los derrumbes?, preguntó intrigado el gringo, y Pel Echem le respondió con toda naturalidad.

—Es que los *kaxhlan* estaban abriendo el vientre del Xelawub' y por eso el cerro estaba enojado y provocaba los derrumbes. Cuando abrían hoyos en el cerro, es decir haciendo túneles, a nosotros nos enviaban adentro a llenar las carretas con las piedras caídas. Los trabajadores limpiábamos adentro, pero al amanecer ya estaba nuevamente caída la tierra y las piedras dentro del cerro. El cerro se oponía a que se hiciera allí el camino, pero los hombres que mandaban seguían ordenando que se continuara con el trabajo.

—¿Cuánta gente habría allí haciendo los trabajos?, preguntó el gringo.

—Eran miles de gentes como nosotros, míster, que con sus ropas remendadas trabajaban desde el amanecer hasta el anochecer. A nosotros, por ejemplo, nos tocó trabajar junto con un grupo que venía de Tz'ikin Ha', o sea el Lago de Atitlán, dijo Koxkoreto.

Antes de que Mr. Puttison hiciera otra pregunta, Pel Echem intervino diciendo:

—Pero a nosotros no nos golpearon mucho como a algunos de ellos.

—¿Por qué les golpeaban?, preguntó interesado Mr. Puttison.

—Porque el caporal que ellos tenían era un *kaxhlan* realmente malo. A ese hombre le llamaban el "Cuervo", y vigilaba a los trabajadores durante todo el día, desde el amanecer hasta el anochecer. Y si alguien se detenía a descansar, el Cuervo se le acercaba de inmediato a darle latigazos. Ésta es la persona más malvada que vimos durante el tiempo que trabajamos allá. El Cuervo golpeaba descaradamente y exigía con su chicote en la mano que la gente trabajara sin descansar. Esto le sucedió a algunos hombres de Tz'ikin Ha', quienes agobiados por el calor y el cansancio se detenían a descansar. Y era entonces cuando el malvado Cuervo se acercaba de inmediato a golpear a los trabajadores, gritando: "¡No así se trabaja, indios perezosos!" Diciendo esto, le quitaba la pala o el pico a la persona golpeada y el verdugo daba tres o cuatro golpes a la tierra con todas sus fuerzas, diciendo: "Así se trabaja, como los hombres". Con esta brevísima demostración, el Cuervo entregaba la piocha al trabajador y le gritaba histérico, mientras golpeaba con el látigo. "Rápido, a trabajar indios pendejos!" El hombre, que no hacía nada más que vigilar a los trabajadores con su chicote en la mano se jactaba de hacer las cosas mejor y con más rapidez y fuerza; demostrándolo con sólo dos o tres piochazos a la tierra. En realidad, los trabajadores ya habían gastado todas sus energías de tanto trabajar, pero allí seguían sin descansar. Estamos seguros que aquel hombre no habría aguantado trabajar como nosotros si su trabajo de verdugo se hubiera cambiado al de peón o esclavo como nos tenían. Como ve, míster, los *kaxhlan* nos han hecho sufrir mucho a nosotros los pobres.

—¿Y que hacía la gente cuando el Cuervo les pegaba?

—No podían hacer nada, míster. Algunos de los que estaban allí trabajando sabían hacer brujerías y quisieron provocarle alguna enfermedad repentina al Cuervo para que se muriera, pero no lo lograron.

—No lo lograron, porque no pudieron encontrar al Cuervo, intervino Koxkoreto, cortándole la palabra a Pel Echem.

—¡Jo, jo, jo..!, se rió el gringo. ¿Por qué dices que no pudieron encontrar al Cuervo, si allí estaba detrás de ustedes con su látigo golpeando?

—Es que usted no entiende, míster, dijo Pel Echem. —Lo que no podían encontrar los brujos era el *tonal* o el *yijomal spixan* de aquel hombre.

—Ah, ya entiendo ahora. No pudieron encontrar el *alter ego* del Cuervo, dijo el gringo. Pel Echem siguió hablando.

—Nuestros compañeros brujos se cansaron de buscar al *yijomal spixan* del hombre, pero no lo encontraron. Es aquí donde los expertos brujos fracasaron, pues no pudieron encontrar ninguna forma de eliminar al Cuervo.

—¿Pero, por qué no podían encontrar el *yijomal spixan* del Cuervo?, quiso saber Mr. Puttison. Y Xhuxh Antil siguió explicando.

—La razón es sencilla, míster. El Cuervo como todos los *kaxhlan* o ladinos, no practican nuestras costumbres, de manera que al nacer, ellos no siembran su *pixan* o su espíritu en algún sitio determinado a los tres días después de nacido, como lo acostumbramos nosotros. De manera que el *yijomal spixan* de los *kaxhlan* existe, pero vive y vaga lejos de su control y de su entendimiento. Por esta razón los temibles brujos no pudieron realizar su trabajo porque se dieron cuenta de que el *yijomal spixan* de aquel hombre no estaba fijo en ninguna parte, sino estaba perdido y confundido con el viento.

—¿Qué habría pasado si hubieran encontrado el *yijomal spixan* del Cuervo?, volvió a preguntar Mr. Puttison.

—Entonces lo habrían capturado, ya sea este un venado, una lagartija, una culebra, un sapo o el animal que fuera. Le habrían causado daño al *yijomal spixan* y en consecuencia el hombre habría enfermado y muerto, conforme los brujos fueran destruyendo su *yijomal spixan*, concluyó Pel Echem.

—Oh, todo es muy claro ahora!, dijo Dudley. Luego, continuó con sus preguntas.

—¿Y todos ustedes aquí en Yulwitz tienen su propio *yijomal spixan*?

—Sí, míster, pero el que sabe más de eso es Kux Ahawis, dijo Pel Echem, señalando al anciano quien seguía callado al igual que los dos extranjeros que acompañaban a Mr. Puttison.

—¿Es cierto eso, mi querido amigo, señor Ahawis?, preguntó directamente el gringo.

El viejo movió la cabeza en señal afirmativa, pero Xhuxh Antil le pidió que le explicara algo al gringo preguntón. Para Kux Ahawis, éste no era el tipo de cosas que se podían contar así no más, a cualquier persona, por lo que con traducciones de Xhuxh Antil, el anciano se limitó a decir brevemente:

—Desde que se nace, se tiene uno o más *yijomal spixan*; pero esto depende de la hora en que se nace. Por ejemplo, si una persona tiene un jaguar por *yijomal spixan*, esta persona es poderosa y sería difícil hacerle daño, pues su *yijomal spixan* es muy hábil y muy fuerte. Otros tienen a un venado, un tlacuache, una comadreja, un sapo, un gato de monte, etc., como su *yijomal spixan*. Pero el único que sabe cuál es el *yijomal spixan* de cada persona es el *ahb'eh*, pues él es quien lleva el conteo de las horas, los días, los meses y los años que pasan de nuestra existencia. Nadie sabe mejor del *yijomal spixan* que el *ahb'eh* mismo.

—¡Oh, maravilloso! ¿Cuál creen ustedes que sería mi *yijomal spixan* si hubiera nacido entre ustedes?, preguntó bromeando el gringo.

—Sería un *max*, un mono; porque usted tiene abundantes pelos en todo el cuerpo, míster, le respondió Koxkoreto, riéndose a carcajadas.

—No, su *yijomal spixan* sería Witz, el dueño del cerro,

pues usted se parece mucho a Witz por ser blanco y ser rico, dijo también en son de broma Xhuxh Antil.

Todos se rieron por la comparación que hizo Xhuxh Antil entre Mr. Puttison y el dueño del cerro, pues de todos era sabido que el Witz es dueño de las riquezas guardadas dentro de los cerros y su apariencia es la de un ladino o extranjero.

—Oh, es una historia muy interesante. Algún día me contarán más historias del dueño del cerro y del *yijomal spixan*, concluyó el gringo.

Los dos acompañantes de Mr. Puttison no tomaron parte en la conversación; sino se habían acostado sobre los escaños en el corredor del cabildo y fumaban perezosamente. Mr. Puttison les dirigió la palabra y le respondieron también en su propio idioma de una forma muy seca. Luego, Mr. Puttison volvió a dirigirse a sus amigos de Yulwitz, diciendo.

—¿De manera que ya han cumplido con su compromiso de trabajar en la construcción de los caminos de Guatemala?, preguntó el gringo, volviendo al tema original.

—No, míster, nos han dicho que volveremos a ser llamados a trabajar de nuevo, pues las obras de construcción continuarán. Nosotros los indígenas nunca estaremos libres de estos trabajos forzosos que nos están matando, dijo Xhuxh Antil.

—Qué lástima que el gobierno solo quiera aprovecharse del trabajo de ustedes y que no los ayude a salir de esta pobreza, dijo compadecido Mr. Puttison.

—Sí, míster, nuestros abuelos también nos han contado que ellos también sufrieron como sufrimos nosotros ahora. Parece que no habrá tranquilidad para nosotros ni para nuestros hijos en el futuro.

—Hay que tener esperanzas, las cosas cambiarán algún día, dijo el gringo.

La conversación con Mr. Puttison se había vuelto muy

amena, pues sin sentir habían pasado las horas y todos comenzaron a bostezar cansados. Uno por uno se fueron retirando a sus casas a descansar, mientras Mr. Puttison siguió hablando con sus acompañantes y nadie dio razón a qué horas se fueron a dormir.

Después de una semana de su retorno a la comunidad, Mr. Puttison informó a sus amigos que tendría que viajar de nuevo, y que posiblemente ya nunca volvería a Yulwitz. Sus amigos Koxkoreto y Xhuxh Antil se volvieron a entristecer, pues ya se habían acostumbrado a visitar y hablar con Mr. Puttison. El día antes de salir de la comunidad, Mr. Puttison habló con Xhuxh Antil y Koxkoreto, a quienes regaló algunos objetos.

—Me iré mañana, mis amigos, pero no los olvidaré. Quizás algún día vuelva por aquí y entonces nos volveremos a ver de nuevo. Ahora, quiero darles algunos recuerdos. A Xhuxh Antil quiero darle este radio viejo. Funciona muy bien pero consume muchas baterías. A Koxkoreto le quiero regalar este reloj de bolsillo. Hay que darle cuerdas cada día para poder mantener la hora exacta. Además, tengo estos peines, tijeras y navajas que ya no me servirán y se los dejo para que los usen.

—Muchas gracias, míster, muchas, pero muchísimas gracias, le dijeron Koxkoreto y Xhuxh Antil, mientras inspeccionaban los regalos.

—Ah, una cosa más. Mañana quiero que me acompañen con mis amigos David y Arturo a la sima de Smuxuk Witz. Mis amigos y yo estamos muy deseosos de dar un último vistazo a ese lugar.

—No es conveniente ir a ese lugar constantemente, pues es un lugar sagrado, a menos que sea para ir a quemar pom y candelas a su orilla. Además, yo no podré acompañarlo, porque tengo muchos compromisos que atender mañana, se excusó Koxkoreto.

—Qué pena que no puedas acompañarnos, Koxkoreto, pero creo que con la compañía de Xhuxh Antil será suficiente. Llevaremos unas candelas y un poco de pom para quemar, insistió el gringo. Xhuxh Antil respondió.

—Está bien, míster; yo iré. Llevaremos candelas y quemaremos pom en ese lugar.

Al día siguiente, Mr. Puttison y sus dos paisanos abandonaron Yulwitz, acompañados de su fiel amigo Xhuxh Antil. El gringo caminaba rápidamente como si tuviera demasiada prisa. Esta vez, Mr. Puttison y sus acompañantes iban muy bien equipado con lazos, lámparas y bolsas de lona.

Cuando llegaron a la sima, Xhuxh Antil colocó las candelas en un altar improvisado y comenzó a quemar pom, como lo hacían los rezadores cuando han visitado este lugar sagrado. Mientras tanto, los americanos comenzaron a amarrar las sogas al árbol de malacate a orillas de la sima, cerciorándose de que el nudo estuviera bien seguro. Luego, sin pérdida de tiempo se deslizó hacia abajo Dudley y Arturo, mientras Xhuxh Antil y David se habían quedado a esperar afuera a los dos intrépidos exploradores.

Mr. Puttison, quien ya había explorado parte de la sima, sabía bien que la parte vertical, o sea la entrada era lo más difícil, pero que luego, la cueva se abría como un túnel muy amplio paralelo a la superficie de la tierra. Los pocos de Yulwitz que han llegado a este punto, dicen que allí hay un río subterráneo que les impide cruzar. En realidad nadie conocía exactamente las profundidades de la sima de Smuxuk Witz, mucho menos los tesoros escondidos en esta sima.

Xhuxh Antil esperó pacientemente a Mr. Puttison, mientras compartía unos cigarrillos con el otro amigo de Dudley, quien bostezaba perezosamente cuidando los lazos y las maletas de sus paisanos. Después de un largo esperar, uno de los lazos se movió y el gringo que estaba atento, se acercó a preguntar a gritos qué era lo que pasaba. La apagada voz de Mr. Puttison salió de la sima, ordenando que le bajaran un costal vació. De inmediato David, quien estaba con Xhuxh Antil amarró el costal en el extremo de otro lazo y lo descolgó por la sima hasta que llegó a las manos de Mr. Puttison. Como media hora después, Mr. Puttison salió de la sima visiblemente nervioso. Luego vio hacia abajo y gritó en su propio idioma:

—*Arthur, are you ready?* En el fondo de la sima se escuchó la voz distante del otro, respondiendo:

—*Yes!*

Mr. Puttison y David comenzaron a jalar del lazo con todas sus fuerzas, tratando de sacar aquel costal que parecía pesar demasiado. Xhuxh Antil se acercó para ofrecer su ayuda, pero Mr. Puttison le dijo que no era necesario. A Xhuxh Antil le pareció un poco extraña la actitud de Mr. Puttison y sin comentar nada, se sentó a observar los esfuerzos que aquellos hombres hacían por sacar aquel pesado costal de la sima. Cuando aquel costal lleno salió a la superficie, también Arturo se asomó fuera con sus ropas totalmente enlodadas.

De inmediato, Mr. Puttison desató los lazos y sin abrir el costal lo recostó contra el tronco de un árbol, un poco retirado de Xhuxh Antil. Al ver que los extranjeros se frotaban las manos felices, Xhuxh Antil se acercó sonriendo a ver qué era lo que contenía el costal.

—¡No lo toques!, le ordenó Mr. Puttison al curioso Xhuxh Antil.

—Sólo quiero ver qué es lo que han sacado, míster, insistió Xhuxh Antil.

—Por toda respuesta el gringo volvió a cubrir el costal con una capa plástica, diciendo:

—¡Oh, es algo maravilloso, maravilloso!

—¿Pero qué es, míster?, insistió Xhuxh Antil.

—¡No preguntes más, Xhuxh Antil, ya te dije que es algo maravilloso!

Sorprendido por el repentino cambio de actitud de Mr. Puttison, Xhuxh Antil se rascó la cabeza y muy entristecido se sentó lejos de los extranjeros, quienes seguían embelesados con aquel bulto misterioso. Ésta era la primera vez que Xhuxh Antil se daba cuenta de la hipocresía del gringo quien había aparentado ser su mejor amigo. Al principio, se mostraba muy amable y por eso también Xhuxh Antil le había llegado a confiar como a cualquier amigo de la comunidad; pero ahora al gringo ya no le servía aquella amistad y la cortaba así bruscamente. Xhuxh Antil no podía creer que Mr. Puttison se opusiera tanto a que él saciara su curiosidad viendo el contenido del costal lleno que sacaron de la sima de Smuxuk Witz. Sentado a orillas de la sima, Xhuxh Antil comenzó a reaccionar sobre la situación que en esos momentos se desataba ante sus ojos. Quizá había sido un gran error confiar en el gringo y haberlo llevado a conocer el lugar sagrado de Smuxuk Witz. Con razón los ancianos siempre habían demostrado desconfianza y hasta temor de los extranjeros y fuereños, pues tanto como los *kaxhlan*, son también muy hábiles en la mentira y el engaño. Las reflexiones íntimas de Xhuxh Antil se interrumpieron cuando Mr. Puttison preguntó:

—Tú me has dicho que "el otro lado", o México queda muy cerca de aquí. ¿No es cierto? Mis amigos y yo queremos cruzar la frontera mexicana hoy mismo.

—Sí, míster, estamos cerca de la línea; sólo hay que cruzar aquella montaña y allá atrás ya es el otro lado, México.

—¡Oh, excelente!, respondió Mr. Puttison.

—¿No regresará al poblado entonces, míster?

—No, Xhuxh Antil. Mis amigos y yo tenemos mucha prisa

y deseamos conocer este camino que llega al otro lado, además que ya me despedí de los amigos y sólo me queda despedirme de tí.

—Qué lástima, míster, entonces ya no nos volveremos a ver.

—Posiblemente ya nunca, Xhuxh Antil, dijo el gringo, mirando con tristeza a su amigo de Yulwitz.

Luego metió la mano en su bolsillo y agregó:

—Toma esto; es por tu tiempo perdido conmigo y por serme un magnífico guía. Si vuelvo algún día a estos lugares, entonces te buscaré, ¿okey?

Xhuxh Antil recibió un puñado de monedas de manos de Mr. Puttison y algunas cosillas más que había desechado de sus maletas, tales como los lazos y una camisa. Mientras hablaban, de entre los matorrales, a unos diez metros de la sima se escuchó un ruido como de pasos de alguien que corría.

—¿Has oído eso?, dijo Mr. Puttison.

—Sí, míster, dijo Xhuxh Antil, posiblemente alguien estuvo allí escondido espiándonos.

Mr. Puttison corrió a ver en el lugar del ruido y, efectivamente, descubrió las huellas de unos pies descalzos.

—Es algún espía del pueblo, dijo con preocupación el gringo.

Entonces, los tres extranjeros arrastraron el bulto por el monte y ocultos ante la vista de Xhuxh Antil, se distribuyeron entre sí el contenido del costal. Cada quién cargó con su bulto y, precipitadamente se despidieron de Xhuxh Antil, tomando el extravío de la montaña que conduce hacia la frontera mexicana. Como tres almas que lleva el diablo, los tres ladrones comenzaron a correr como locos, tratando de abandonar aquel lugar lo más pronto posible.

LA DESPEDIDA DE MISTER PUTTISON

Sentado sobre las piedras a pocos pasos de la sima, Xhuxh Antil vio con mucha tristeza el retiro apresurado de los saqueadores. A la cabeza del grupo iba Mr. Puttison, aquel extranjero que un día le dijo ser su mejor amigo, pero que ahora lo abandonaba después de haber llenado sus costales. Incluso, a Xhuxh Antil no se le permitió ver lo que habían sacado de la sima, pues la actitud de Mr. Puttison fue tan desconfiada y tajante, como si apenas ayer se hubieran conocido.

Desesperado y confuso, Xhuxh Antil se acercó a orillas de la sima e instintivamente miró hacia abajo como si los gringos aún estuvieran allí haciendo esfuerzos por sacar el gran costal lleno de objetos sagrados de sus antepasados. Luego se rascó la cabeza y miró hacia la falda del cerro donde aún divisó a los tres extranjeros ascendiendo a toda prisa, como si fueran asesinos que huían del lugar de su crimen. Xhuxh Antil pensó también en el espía que los había visto juntos y se sintió aún más confuso y culpable por el saqueo del lugar sagrado. ¿Cómo le explicaría a los viejos más exigentes del poblado, la actitud de irrespeto de los extranjeros? Muy enojado por su torpeza y por su excesiva confianza en aquel extranjero, Xhuxh Antil tiró al fondo de la sima las sogas que le habían regalado. Luego, para disimular su entrada a la comunidad, cortó un manojo de leña seca y puesta la carga sobre la espalda se encaminó apresuradamente a la comunidad. Por el camino Xhuxh Antil iba meditabundo y lleno de rabia por haber sido el objeto de la burla y el engaño de Mr. Puttison.

Las meditaciones de Xhuxh Antil se interrumpieron cuando escuchó el griterío de la gente que venía corriendo a ver el lugar desecrado. Xhuxh Antil puso su tercio de leña sobre una roca y se sentó sudoroso a esperar a que los hombres que venían en dirección suya llegaran al descansadero. A los pocos minutos aparecieron unos veinticinco hombres armados con palos, piedras y machetes, quienes furiosos le preguntaron de inmediato dónde estaban los extranjeros. Xhuxh Antil se asustó y aunque él era la autoridad de la aldea, en aquel momento se sintió indefenso ante el enojo de sus paisanos.

—¿Dónde están los gringos?, le volvieron a gritar.

Xhuxh Antil se volteó hacia la loma del cerro y señaló el agreste camino por donde huyeron a toda prisa con su carga maravillosa, los tres extranjeros.

—¿Así que vos mismo los ayudaste a robar los objetos sagrados de nuestros antepasados?, le regañó Nolaxh How Q'on.

Xhuxh Antil quiso alegar inocencia, pero el revoltoso Tumax Pech lo señaló con el dedo, diciendo:

—Él es responsable señores. Cuando yo venía de mi trabajo escuché que los gringos hablaban a orillas de la sima, pero como nunca he sido muy amigo de ellos, no quise mostrarme y así me escondí detrás de los arbustos para ver lo que hacían. No les miento. Xhuxh Antil estaba sentado con uno de los gringos fumando, mientras los otros sacaban los objetos de la sima. Yo los vi con mis propios ojos; y si no me creen, revisen su morral. Desde mi escondite vi que le pagaron y le dieron algunas cositas como recompensa por guiarlos al tesoro escondido.

Nolaxh How Q'on le arrebató el morral a Xhuxh Antil y sacó un puñado de monedas de poco valor y una camisa blanca que Mr. Puttison le regaló.

—¿Por este puñado de pisto has vendido los secretos de nuestro pueblo? ¡Mierda de autoridad que se vende a los extranjeros! Miren esta camisa, señores. Xhuxh Antil se perdería en ella! Algunos de los hombres se rieron, y luego, Nolaxh continuó con su regaño.

—¿Por qué has traicionado los reglamentos de la comunidad que están en tus manos? Furioso, el viejo escupió maldiciones al suelo.

—No fui responsable, se defendió Xhuxh Antil. —Pensé que los señores amigos, sólo querían visitar la sima sin tocar los objetos sagrados:

—¿Amigos? ¿Todavía te atreves a decir que esos desgraciados son amigos, después de haberse burlado de nuestra hospitalidad? Estamos cansados de los engaños de los *kaxhlan*, y ahora lo mismo han hecho estos extranjeros. Ellos no piensan como nosotros, ni les importa nuestros sentimientos de respeto hacia la naturaleza y a la memoria de nuestros antepasados. Tal parece que el único deseo de los fuereños es despojarnos de todo lo que puedan, mientras tengan la oportunidad. ¿Por dónde se fueron?, exigió Nolaxh How Q'on.

—Se fueron para el "otro lado", por el camino corto de la montaña, respondió Xhuxh Antil.

—¡Vamos a perseguirlos!, gritaron los más jóvenes y fuertes. Y como grandes corredores que eran, con rapidez ascendieron la falda del cerro con los deseos de alcanzar a los prófugos. En algunos tramos del camino aún se veían frescas las enormes huellas de los extranjeros y por eso con más rapidez corrieron los perseguidores con sus palos, piedras y machetes. Eran tal vez unos diez hombres fuertes los que habían tomado la delantera y que muy dispuestos querían doblegar a los ladrones en caso de darles alcance. Siguieron corriendo con sus machetes en alto, como las veces que perseguían a los perros rabiosos en la comunidad. Pero por más que corrieron no pudieron darle alcance a los ladrones, quienes seguramente habrían tomado sus precauciones, escondiéndose a tiempo de los vecinos enfurecidos. O quizá habrían tomado algún otro extravío en la montaña para despistar a sus perseguidores. Al ver que los extranjeros habían logrado escapar, los habitantes de Yulwitz regresaron malhumorados a su casa.

Aquella misma noche salieron los mensajeros del cabildo a tocar el tambor, citando a la gente a un *lahti'* urgente. Cuando la gente estuvo reunida, Xhuxh Antil se presentó ante la enorme asamblea que de inmediato se reunió por exigencias de los viejos, los más preocupados por la preservación de las antiguas tradiciones de Yulwitz. Nolaxh How Q'on, como siempre, era el que más hablaba en la sesión y en uno de sus regaños le dijo a Xhuxh Antil con voz fuerte y salivosa.

—No hay que tenerle demasiada confianza a los extranjeros y fuereños. ¿Acaso no se han dado cuenta de que ellos se han aprovechado siempre de nosotros? Nos han tratado como animales, metiéndonos bajo cargas como los caballos. ¿Hasta cuándo vamos a entender que a nosotros nos han humillado y tratado con mucha injusticia?

—¡Sí, son iguales todos! Son iguales a esos que nos obligan a trabajar gratuitamente en la construcción de carreteras allá en las costas. Ellos no son amigos de nuestros pueblos. ¡Ellos son enemigos de nosotros los indígenas! Así hablaron muchos hombres, quejándose. Otra vez Nolaxh How Q'on volvió a dirigirles la palabra.

—¡Qué vergüenza! A nuestra misma autoridad le han hecho crecer el güegüecho. Y por este tipo de pendejadas nos seguirán llamando "indios babosos". ¿Qué podremos hacer ahora con Xhuxh Antil?

—¡Hay que botarlo de su oficio! ¡Que otro sea la autoridad!, gritaron todos, muy encolerizados.

—¿Están de acuerdo todos?, volvió a preguntar Nolaxh How Q'on.

—¡Síííí!, respondieron al unísono todos los presentes.

—Que sienta la vergüenza de ser destituido de su cargo, insistieron.

—¿A quién ponemos en su lugar?

—¡Que sea usted la autoridad, don Nolaxh!, le gritaron. Al viejo no le gustó la idea y por eso se excusó.

—No, porque yo hablo más en el *lahti'*, por eso me quieren nombrar. No, busquemos a otros candidatos que puedan servir mejor.

Los presentes propusieron varios nombres y después de dos horas de deliberaciones, la decisión cayó sobre Pel Nolaxh, el hijo mayor de Nolaxh How Q'on. La decisión fue de todos, pero el viejo aún quiso confirmar la elección del nuevo auxiliar, preguntando:

—¿Están de acuerdo todos?

—¡Sí, estamos de acuerdo!, respondieron todos.

De esta forma quedó confirmada la elección de Pel Nolaxh como la nueva autoridad de Yulwitz. El hecho de hacer resignar y remover a alguien de su posición de poder por consenso comunal, era un acto muy humillante aquí en Yulwitz.

Mientras todos se hacían comentarios del suceso, de entre la multitud surgió la voz de la experta rezadora, doña Matal Chub'is, quien insistió en el error de Xhuxh Antil.

—Que el desprestigio de Xhuxh Antil, al ser botado de su puesto de autoridad por voluntad de la comunidad sea un ejemplo para todos. Ahora ya no podemos reparar el daño que nos han causado los extranjeros, pero desde hoy, otra vez debemos entender que las enseñanzas de los mayores son las más valiosas. Que nadie actúe por su propia cuenta, separado de las decisiones que se hacen en consenso comunal. Mañana debemos pedirle la paciencia a nuestros antepasados por el atropello de que han sido objeto por el descuido de nuestra autoridad.

Otra voz de mujer se oyó entre los presentes, diciendo:

—Con el pisto que el señor gringo le ha dado a Xhuxh Antil, iremos a comprar las candelas que quemaremos mañana en el santuario de nuestros antepasados.

—Sí, que ese dinero sirva para comprar candelas, muchas candelas, respondieron todos.

La que había hablado era doña Kat Tulis, la misma que había tenido el disgusto con el gringo en el ojo de agua. Después de aquella reunión de emergencia donde se discutió la actividad ilícita de los extranjeros, todos se retiraron a sus casas a seguir comentando aquel suceso.

Al día siguiente, los que se encargaron de ir a quemar candelas a los diferentes lugares se reunieron al pie de la gran ceiba a media comunidad. Matal Chub'is y Kat Tulis presidieron el grupo, quienes con manojos de candelas y mucho pom se encaminaron a los lugares desecrados, a pedir el perdón y la paciencia de los antepasados.

—Caminemos todos juntos sin que nadie se quede rezagado del grupo. Dijeron las señoras que encabezaban la comitiva.

—Primero iremos al santuario de Swi' Kamom, luego al cementerio, y por último a la sima de Smuxuk Witz, dijo Kat Tulis.

Todos acompañaron a las cabecillas de la comitiva llevando candelas de cera negra, flores y ramos de ciprés en las manos. Con mucho cuidado descendieron el barranco del río Saj Ha' y llegaron a la cueva de Swi' Kamom. En la entrada de la cueva encendieron sus candelas y después de un breve silencio Matal y Kat Tulis comenzaron a elevar sus quejas y sus oraciones a Komam Jahaw, el Dios Único, para que les permitiera entrar en contacto con el espíritu de los antepasados.

Matal, la experta rezadora e intercesora entre los hijos del pueblo y los lejanos antepasados comenzó a balbucir una oración en su propio idioma. Al principio, muy levemente y luego su voz fue elevándose de tono, mientras los otros hacían lo mismo repitiendo la oración en voz baja, en son de murmullo. Por espacio de una hora estuvieron elevando sus clamores y sus quejas al Dios del universo, rezando en aquel templo natural. Finalizado esto, besaron las candelas encendidas y las prendieron sobre las rocas ennegrecidas que han servido de candeleros a través de los tiempos. Luego se pusieron de pie y regaron las flores y las hojas de ciprés en el suelo de este antiguo santuario maya. El humo del pom oloroso comenzó a subir en espirales al cielo cubriendo la entrada de la cueva como un velo blanco y transparente.

Según Kat Tulis, estos rezos eran para asegurarse de que el espíritu de los antepasados permaneciera en su lugar y que se calmaran después del abuso y profanación del santuario ancestral. Las ceremonias variaban un poco de acuerdo al tipo de situación que se trataba. Al terminar la ceremonia, la comitiva se encaminó al cementerio en las afueras del poblado y al llegar frente a la gran cruz de las ánimas benditas, se postraron a rezar encendiendo más candelas. Matal pidió sobre el pueblo el perdón de Dios y la paciencia, de los ancestros por haber descuidado el santuario y la memoria de los antepasados. Al mismo tiempo, también pidió que un castigo sobrenatural cayera sobre los ladrones, ya que era esto lo que más se temía cuando se profanaban estos lugares sagrados. Y el lugar apropiado para pedir este tipo de juicio, o castigo sobre los profanadores es ante la cruz de las ánimas, en el cementerio.

Al terminar los rezos en el cementerio, los penitentes se dirigieron a la sima de Smuxuk Witz para culminar allí los rezos de petición de clemencia y perdón por los errores cometidos. Kat Tulis colocó las candelas en orden mientras Matal comenzó a rezar con voz suave y temblorosa. Los demás se hincaron ante una cruz improvisada sin levantar los ojos del suelo. De vez en cuando se podía escuchar claramente las palabras de Matal, quien pedía un castigo sobrenatural para los saqueadores del lugar sagrado.

—No tendrán suficiente vida para gozar del producto de sus robos, ya que su mal proceder les acarreará alguna enfermedad incurable o la muerte repentina por accidente, se le oía repetir.

Terminado el rezo, sembraron sus candelas encendidas sobre las parafinosas y tiznadas piedras amontonadas a orillas de la sima, y así se despidieron del lugar sagrado. Por último, se dirigieron a la cruz frente a la iglesia colonial y allí volvieron a rezar brevemente culminando la ceremonia. Xhuxh Antil, a quien se le había despojado de su autoridad, asistía a la ceremonia visiblemente arrepentido y sin decir una sola palabra. Allí estaba hincado ante la cruz con los ojos bañados en lágrimas mientras Matal rezaba para reconfortarlo.

Ay Dyos, Mamin
smameal tx'otx', smameal konhob'
ikanh yip spixan hune' yuninal konhob'
xa' okoj nah kewa'il, nah sukal yinh yanma ti'.
Sk'ulaloj mi sk'ul hinnoh yalni
xab'entoj tzet chal heb' naj elilb'a,
heb' naj rinko nahat elnajkoj tu'.
A' wej niman k'ulal yinh ya' Xhuxh Antil ti'.

Oh, Dios, padre nuestro,
padre de la tierra, padre de los pueblos
levanta el espíritu de este hijo del pueblo
que ha sido engañado, que ha sido burlado.
Quizá por tratar de hacer el bien
se dejó engañar por los extranjeros,
por los gringos que vienen de lejos.
Perdona pues, al pobre Xhuxh Antil.

Al terminar de rezar, todos se despidieron alegremente, asegurando que con este ritual la tranquilidad iba a retornar entre los habitantes de Yulwitz. Por su parte, Xhuxh Antil, quien fue el último en levantar las rodillas del suelo frente a la cruz del templo, cabizbajo se alejó a orillas del barranco del río Saj Ha' a seguir meditando sobre este suceso que había perturbado la tranquilidad de sus coterráneos. La tarde era muy hermosa como siempre y del gran río subían frescas brisas que ventilaban las plumas de los zopilotes que descansaban sobre las musgosas ramas de los viejos cedros tendidos sobre el abismo. De vez en cuando Xhuxh Antil levantaba la cabeza y fijaba los ojos con insistencia hacia el occidente, viendo las azules montañas mexicanas por donde se imaginaba a los tres gringos haciendo esfuerzos por llevar a cuesta sus pesados costales. Allí permaneció largo rato, meditabundo, hasta que la tarde tendió su manto negro sobre las altas cumbres de los montes Payiles, envolviendo otra vez a Yulwitz en un ambiente mezclado de remembranzas, armonías y misterios.